그리운 날의 풍경

그림과 산문 **박래부**

이 도서의 국립중앙도서관 출판예정도서목록(CIP)은 서지정보유통지원시스템 홈페이지(http://seoji.nl.go.kr)와
국가자료공동목록시스템(http://www.nl.go.kr/kolisnet)에서 이용하실 수 있습니다.
CIP제어번호: CIP2017030012

차례

프롤로그

멀어지는 만큼 그리워진다

사람도 풍경도 한 번 가면 돌아오지 않는다. 떠나간 뒤 가슴속에 남겨진 사람과 풍경은 그리움의 대상이 된다. 그들과의 재회를 기약할 수 없기 때문에, 혹은 영영 다시 볼 수 없기 때문에 그리움에는 슬픔의 빛깔이 묻어 있다.

'그리움'이란 누군가의 모습을 '그리다'에서 비롯된 말이라고 한다. '그리다'라는 단순하고 무심한 동작을 표현하는 말에서, '그리움'이라는 애틋한 정서적 울림의 말로 옮겨간 셈이다. 그리움이란 말만 들어도, 한동안 잊고 지내던 마음의 여리고 섬세한 줄이 가늘게 떠는 듯하다.

10대 때 들었으나 지금까지 잊히지 않는 시구가 있다. 그 나이에 어울리게 감상적이고 치기 어린 문장일 수도 있다. 지금은 어쩌다가 이 문장을 떠올려도 그 무렵만큼 마음이 흔들리지는 않는다. 그러나 그 시절로부터 멀어진 만큼 그리움은 더 뚜렷해진다.

사랑은 멀리서 하는 것, 그리고 마음 놓고 우는 것

감수성과 자의식이 예민한 10대가 아니더라도 누군가를 보고 싶어

가로수 길 oil on canvas, 33.5 × 24cm, 2003

가면과 화분 oil on canvas, 24 × 33.5cm, 1993

하거나, 그에 대한 그리움을 간직하지 않고 사는 이는 없다. 유정한 사람은 이루지 못한 사랑에 목이 메고, 비정해 보이는 인간도 가슴 한편에는 누군가에 대한 그리움의 불씨를 품고 살아간다. 영어식 표현을 빌리자면, 그리움 없는 삶은 삶으로서 가치가 없다고도 말할 수 있다.

잊히지 않는 사람들도 그렇지만, 옛 풍경과 이미지들이 사무칠 정도로 그립다. 추억이 한낱 남루함 투성이이고 다시 그 시절로 돌아가고 싶은 생각도 없지만, 마음에 각인돼 있어 한사코 지워지지 않는 풍경들이 있기 때문이다. 내 마음은 지금의 소시민적 안락과 무신경함을 떠나, 자주 현대화 속에 폐허같이 변해버린 옛 시공간 위를 떠돈다.

오래된 건물이 없는 도시는 과거가 없는 사람과 같다고 한다. 나는 속절없이 지워져 가는 옛 풍경에 대한 미련을 버리지 못한다. 마음에 오래 간직하고 싶은 그 순간적 이미지나 풍경을 그림으로 남기고 싶어 풍경화를 그린다고도 말할 수 있다. 내 마음속에는 쓸쓸함이 원초적 이미지로 끈질기게 자리 잡고 있어서 좀처럼 지워지지 않는 듯하다. 하여, 쓸쓸한 풍경을 볼 때는 '세상의 모습도 원래 이렇게 황량할 것'이라고 위안을 받는지도 모른다.

반면 동경심을 키워주는 풍경도 있다. 더 이상 외롭지 않은 미래를 선취하려는 동경과 희망으로 마음이 가끔씩 부풀어 오르지 않았다면, 자라면서 어떻게 쓸쓸한 시간을 견뎠을 것인가. 파도가 철썩이는 바닷가 등 한때 동경과 희망을 심어주던 풍경을 붙잡아두고 싶은 심정으로 그림을 그리고 글을 쓴다. 많은 다른 이들도 그러하겠지만, 그림에 대한 나의 서툰 열망은 원래부터 본능적인 욕구였던 듯하다. 나는 '그리다'와 '그리움'을 동시에 붙잡으려는 마음으로 그림을 그리고, 또한 글을 쓴다.

농촌에서 초등학교를 다닌 나는 생애에서 가장 순수하고 행복했던 시절이 중학교 전까지라고 느끼고 있다. 귀향의 꿈은 이루지 못했지만, 나이가 들어도 내 삶의 저변에 깔려 있는 향수는 가벼워지지 않는다.

전에는 나도 정물화와 인물화도 그렸으나 지금은 주로 풍경화 작업을 하고 있다. 잘 그린 작품은 없으나, 여느 풍경 사진보다는 그래도 내 풍경화가 스스로의 마음에 든다. 사진에서는 경치 속에서 생략과 강조가 불가능하지만, 그림에서는 가능하기 때문일 것이다. 전에는 마음에 안 차던 거리 풍경도 이제는 약간만 시선을 달리하

튤립 화병 oil on canvas, 32 × 41cm, 1994

면 마음에 드는 풍경처럼 여겨진다. 그리하여 우리가 살고 있는 자연과 도시를 조금만 더 다듬고 아름답게 가꾸면, 천상병의 욕심 없는 시 '귀천'에서처럼 말할 수 있을 것이다.

......

나 하늘로 돌아가리라

아름다운 이 세상 소풍 끝내는 날

가서 아름다웠더라고 말하리라

어릴 때 처음 읽은 동화책이 프랑스 동화 『집 없는 아이』였다. 소년 레미가 떠돌이 악사에게 팔리면서 방랑과 역경을 겪지만, 마침내 가족을 찾게 되는 이야기다. 그 뒤로 『보물섬』, 『로빈슨 크루소』 등을 읽었다. 가슴 조이는 슬픈 이야기에서 조마조마한 모험의 세계로 나아간 셈이다. 그 동화책들은 재미있기는 했지만, 활자로만 채워진 지면을 여러 페이지 읽는 것은 지루하기도 했다. 읽는 것이 지루해질 때쯤 삽화 페이지가 나왔다. 삽화를 맞을 때의 반가움과 즐거움을 기억한다.

지금도 마찬가지이지만, 어린이용 책은 동화뿐 아니라 만화는 물론이고 잡지까지 모두 글자와 그림이 함께 있었다. 삽화는 어린이에게 반가운 휴식의 공간이자 동화의 이미지를 구체화해주는 안내자 역할을 한다. 독자의 어린 시절에 대한 향수와 회귀본능에 기대어, 이 작은 책이 어른에게도 그런 역할을 할 수 있었으면 좋겠다.

나는 대학에서 미술교육을 받지 않았다. 독학으로 그림을 그리는 내게 중요했던 자산은 중학 시절의 미술 시간, 친형의 한두 마디 지도, 미술 담당 기자로서 화가와 그들 작품을 통해 감각 익히기 등이었다. 거기에 단기간으로 끝난 안양 일요화가회 활동과 친구 화실에서의 작업, 역시 얼마 못 가 그만둔 대학의 소묘 도강 등 여기저기 기웃거리고 배회했던, 다소 씁쓸한 기억들이 떠오른다.

친구 화실에 다니던 일은 군 입대 때문에 일찍 끝났고, 복학한 후의 소묘 도강은 두 번 만에 단념했다. 법학과에서는 정식으로 수강 신청이 되지 않아 도강이라도 하려고 했다. 그러나 교수님과 수강생이 거의 다 여자였기 때문에 도강하기엔 너무 티가 나서 아쉽게도 발길을 돌렸다. 당시 그 수업을 지도했던 분이 나중에 고려대로 옮겼고, 서양 벽화인 프레스코화의 현대적 작업에서 독자적인 표현 영역을 구축한 화가 J 교수다.

내가 미술 담당 기자로 있을 때 그분을 다시 뵙게 되었다. 나는 모른 체하고 '기자'라고 의례적으로 인사했다. 다음번에도 또 뵙게 되었는데, 교수님이 "전번에도 그랬는데, 왜 박 기자님하고 낯이 많이 익은 것 같죠?" 하고 꽤 궁금한 표정을 지었다. 아, 이러니 내가 그때 도강을 계속할 수 있었겠는가? 나는 오래전 두 차례 도강했던 일과 그만둔 사연을 털어놓지 않을 수 없었다. 선생님이 웃으며 '제자'로 인정해주었다.

나는 대개 물감을 두껍게 칠하지 않는다. 두껍게 칠하지 않는 습관으로부터 벗어나려고, 또 어느 때는 질감 표현을 위해 물감을 두껍게 바를 경우가 있지만, 그럴 때마다 불편해진다. 두껍게 칠한 뒤에는 종이나 수건으로 다시 닦아내야 마음이 편해진다.

"그건 우리가 가난하게 자랐기 때문일 거야"

래후 형은 그 까닭을 이렇게 말했다. 그럴지도 모른다. 아버지가

검천리 D 농원 oil on canvas, 61 × 50cm, 2014

6·25 전쟁 때 전사하셨고, 우리 형제는 가난하게 자랐다. 형은 홍익대 미대 동양화과를 졸업한 후 미술교사를 지낸 화가였다. 형은 대학을 졸업하면서 "이제부터 나는 동양화만 그릴 거다. 유화 도구는 다 네가 가져라"라고 말했다. 그 뒤 형은 동양화 작업만 했고, 나는 물려받은 유화 도구를 다루며 그림 주변을 맴돌았다. 대학교 때부터 형에게서 자극과 영향을 받았다. 형은 몇 해 전 이른 나이인 60세에 타계했다.

나에게는 다시 돌아갈 수 없는 어릴 적 풍경이나, 변하긴 했으되 다행히 그때의 추억을 떠올려주는 풍경들이 소중하다. 나는 지난 시대의 풍속도 같은 이야기와 그림을 통해 기억이 지닌 이미지에 가까이 다가가려고 노력하고 있다. 물론 지금의 자연이나 도시 풍경도 가능하면 훼손하지 않고 충실히 재현하고 싶다. 풍경화를 그리러 다닐 때는 우리 사회의 발전 방향이 늘 마음을 무겁게 누른다. 우리는 짧은 기간에 경제를 크게 발전시켰다. 그러나 난개발과 아파트 건설로 산하가 본래의 모습을 너무 많이 잃어가고 있다.

도시와 농촌도 국적 불명의 집들로 채워지고 있다. 자연과 어울리지 않는, 오히려 풍경을 파괴하는 아파트들도 들어선다. 건축가와 당국이 건축 문제를 좀 더 숙고하고 아름다운 나라 만드는 일을 서둘러야 한다. '한국적 주택' 모델도 모색하고 보급해야 한다.

일본인은 "일본은 사회가 잘 살고, 한국은 개인이 잘 사는 것 같다"라고 말한다. 공감 되는 말이다. 지금처럼 사회가 타인을 배려하지 않은 채 무계획적이고 이기주의적으로 발전되어야 할까? 일본에는 아름다운 마을 만들기 운동이, 프랑스 파리에는 도시 건축 이어가기 전통이 있다. 정겨운 마을과 도시가 탄생하려면 건축상의 맥락이 고려돼야 한다. 시민은 한옥이 주요 맥을 이루고 있는 서울 북촌과 서촌을 많이 찾는다. 지금은 국토가 아름다움으로 가는 길에서 멀리 벗어나고 있다. 도시 외에 바닷가 풍경에도 좀 더 서정이 남아 있었으면 좋겠다. 예전에 흔하던 미루나무가 아스라이 길게 뻗어 있던 시골길도 많이 그립다.

그림을 중심 모티브로 글쓰기를 하다 보니 어수선한 책이 되었다. 이 책에는 남루한 삶이되 기쁘고 소중했던 기억, 아쉬움 많은 회고, 거짓이 걸러지지 않은 역사에 대한 거부의 몸짓 등이 두서없이 뒤섞여 있다. 독자가 그 두서없음을 미래에 대한 희망과 충정의 메시지로 읽어주었으면 좋겠다.

서울역

긴 여로의 시작

2009년 봄 어느 일요일, 화구를 둘러메고 서울역에 갔다. 온갖 사람이 오가는 큰 광장에서 화구를 펼쳐놓고 그림을 그리려면 용기가 필요했다. 작업모를 눌러쓰고 역사(驛舍)가 잘 드러나지만 외진 한구석에 자리를 잡았다. 지금도 남아 있는 헌혈의 집 앞에서 그리기 시작했다. 12호 캔버스에 스케치를 시작하자 한두 명씩 구경꾼들이 모여들었다. 뒤이어 노숙자임이 분명해 보이는 두 사람이 어슬렁거리며 다가왔다. 그중 우락부락해 보이는 남자가 말했다.

"이건 또 뭐야?"

서울역은 여행을 떠나는 사람, 배웅하거나 마중 나온 사람, 여러 부류의 잡상인, 갈 곳이 마땅치 않아 나온 구경꾼 등 별의별 사람이 다 모이는 곳이다. 그런데 못 보던 신종의 인간이 화구를 펴놓고 그림을 그리고 있으니, '이건 또 뭐야?'라는 궁금증이 돋아난 것이다.

구경하는 사람들도 흰 캔버스에 몇 개의 선을 긋는 처음 단계에서는 별 흥미를 느끼지 못한다. 색을 칠할 때가 돼서야 구경꾼들의 관심도 높아지고 그림에 대한 평가도 나오기 시작한다. 그 노숙자들은 말없이 구경을 하다가, 30분쯤 지나 스케치가 겨우 윤곽을 잡아갈 때 다시 나타났다. 얌전해 보이는 노숙자가 더 이상 참지 못하

서울역 oil on canvas, 60.5 × 50cm, 2009

고 가장 궁금한 것을 물어왔다.

"이 그림 그려서 팔아요?"

혹시 당신도 역에 모여드는 잡상인 중 하나가 아니냐는 질문 같았다.

"아니요, 그냥 취미로 그리죠."

내가 답하자, 다른 우락부락한 사내가 눈치 빠른 체 얼른 말했다.

"이분이 팔겠냐?"

'이분'이라는 걸 보니, 나를 잡상인으로 여기지는 않는 듯했다.

시간 보내기가 중요한 일과였을 그들은 서울역 주변을 이리저리 돌다가 대략 30분마다 한 번씩 찾아와 나의 작업 진행 상태를 보고 갔다. 나는 비잔틴풍의 돔 부분을 중심에 잡고 그리기 시작했다. 당시만 해도 복잡한 구성으로 그리기는 부담이 돼서 단순한 구도를 선택했다. 예전에 그린 그림들을 보면 대체로 단조롭다. 그래도 서울역은 반원형의 아치와 붉은 벽돌의 조화 등이 아기자기한 변화를 보이면서 아름답다.

당시엔 역 앞에 나무들이 서 있었으나 지금은 모두 없어지고 대

형 화분만 늘어서 있다. 허전하고 서운하다. 서울역의 역으로서의
기능은 옛날 경인선 개찰구가 있던 곳으로 옮겨지고 건물도 현대
식으로 바뀌면서, 서울역 건물의 개성과 위용도 함께 사라졌다. 옛
역사는 '문화역서울'이라는 미술관으로 바뀌어 보존되고 있어 그나
마 다행이다.

처음부터 예상한 것이지만 그린 지 4시간쯤 지나 작업을 중단했
다. 화장실을 가야 했는데 주변에 모두 뜨내기 같은 사람뿐이었다.
안면이 생기고 말도 나눴지만 그 노숙자들에게 자리를 '보아달라'고
부탁할 수는 없었다. 주섬주섬 화구를 정리해서 자리를 떴다. 그래
도 그만큼이나마 작업을 했다는 것이 뿌듯했다.

서울역은 대개 거처가는 곳이지만, 그곳에 오래 머무는 이들도
있다. 대표적인 이들은 노숙자일 듯하다. 그러나 그들도 언젠가는,
그리 길지 않은 시간이 지나면, 떠나가게 마련이다. 러시아의 대문
호 알렉세이 톨스토이(Aleksei Tolstoi)도 지금으로 치면 노숙자였다.
82세의 노인은 1910년 10월 돌연 가출해 간이 철도역 아스타포보에
서 내렸다. 역장이 알아보고 놀라서, 고열에 시달리는 톨스토이에
게 하녀 방 하나를 내주었다. 그는 그곳에 일주일을 머물다가 숨졌

다. 훗날 이 역은 톨스토이역으로 이름이 바뀌었다. 결국 누구에게
나 모든 역은 삶의 한 기착지다.

서울역은 고풍스러운 위용을 갖추고 있다. 우리 건축으로서는
드물게 웅장하고 우아하다. 이 역은 100년이 넘는 세월 동안 많은
사람들이 이별과 재회를 겪는 무대이기도 했다. 또한 혼자 떠나는
이의 쓸쓸한 배경이 되기도 했다. 규모가 큰 이 역은 우리 근대건축
물의 대표라고도 말할 수 있다. 그러나 유서에 비해 역 광장 주변은
한동안 꽤 황량해 보였다. 불안한 분위기마저 띠고 있었다.

나는 전부터 서울역을 그리고 싶었다. 그 역에는 중고등학생 때
의 추억이 깊고도 진하게 배어 있기 때문이다. 나는 중학교 1학년
때 시골에서 올라와 고등학교를 졸업할 때까지, 매일 아침저녁으로
서울역을 거쳐 학교에 다녔다. 기차 통학생이었다.

기차로 서울역에 내려 햇살이 눈을 찌르는 넓은 아침 광장을 가
로질러 가면, 또 새롭게 하루를 시작하는 통과의례의 느낌을 받기
도 했다. 매일 아침 서울역에 도착했지만, 돌이켜보면 그것은 도착
이기보다 오히려 내 삶 속으로 떠나는 긴 여로의 출발이었던 셈이다.

경회루 앞 풍경 oil on canvas, 60 × 41cm, 2015

그 무렵으로부터 40여 년이 지나 대학로에서 록 뮤지컬 〈지하철 1호선〉을 보았다. 그 첫 장면은 내게 놀랍고 강렬한 공감으로 다가 왔다. 옌볜(延邊) 처녀 '선녀'가 이른 아침 서울역 광장에서 부른 서울의 첫인상 노래가 기차 통학을 했던 내 10대 때의 아침과 바로 연결되는 듯했다. 그녀는 역 계단에 여행 가방을 세워놓고 기대와 불안감이 뒤엉킨, 그러나 힘찬 소리로 「6시 9분, 서울역」을 노래한다.

여섯 시 구 분, 서울역

열차가 서고, 문 여는 소리

희뿌연 하늘, 이슬 머금은 바람

햇살은 두 눈을 찌르고

난 뺨을 꼬집는다

힘차게―

여기는 서울!

뜬눈을 새고 달려왔네

설레는 마음 미칠 것 같애

이른 아침, 이 낯선 도시에

이른 아침, 이 낯선 도시에 ……

여섯 시 십 분, 서울역

두 발을 딛고 큰 숨을 쉰다

대도시의 냄새, 사치와 타락의 비린내

뒤엉켜 서 있는 자동차

매연과 향수 냄새

광란의 바로 서울의 냄새!

이른 아침, 이 낯선 도시에

이른 아침, 이 낯선 도시에

아—

　　서울역에 처음 도착한 이방인이 느끼는 설렘과 낯섦, 불안이 매
우 호소력 있고 극적으로 노래되고 있었다. 이 노래만큼 서울역의
인상을 예리하게 드러낸 예술 작품도 없을 것 같다. 이 록 뮤지컬
은 '선녀'가 백두산에서 풋사랑을 나눈 남자 '제비'를 만나러 와 겪고
목격하게 되는 서울의 하루와 그 이면을 활기차고 날카롭게 파헤친
다. 김민기 연출로 15년 동안 장기 공연한 화제작이었다.

30년 전에 내가 쓴 글이 있다. 뮤지컬 〈지하철 1호선〉의 첫 노
래 「6시 9분, 서울역」 중의 "…… 대도시의 냄새, 사치와 타락의 비
린내 ……" 부분과 관련될 만한 기사다. 김성동의 소설 『만다라』의
배경을 다루고 있다. 지금도 서울역 주변에는 희미하게나마 옛 자
취가 꽤 남아 있다.

　…… 견성성불에의 희망은 멀기만 하고 시간과 내면의 정열을
탕진해버린 지산은 "정거장에만 오면 나는 가슴이 답답해 터질 것
같애. 모두들 행선지가 있는데 난 갈 곳이 없어"라고 괴롭게 독백한
다. 지산은 허무와 절망에 지쳐 어느 폐사에서 눈에 파묻혀 죽는다.
　세설이 내리는 천축사를 내려와, 지산이 답답해하고 법운은 환
속하게 되는 서울역으로 간다. 평일 저녁녘의 서울역은 역사에 붙어
있는 '신혼열차 운행' '역에 나오시면 언제든지 열차를 이용하실 수
있습니다'라는 철도청의 광고 문안에도 불구하고, 서울의 아들딸이
나 친척들을 방문하고 돌아가는 시골 사람들의 지친 표정들이 대체
로 우울한 인상을 준다.
　법운이 노파를 따라가 여자와 자던 서울역 근처 동네의 여인숙

삼길포 oil on canvas, 53 × 45.5cm, 2013

이나 여관들은 한결같이 작다. 열린 현관으로 들여다보이는 복도가 반질반질한데 하오 6시께 여인숙 간판 위에서 백열등이 빛나기 시작한다. ……

나는 틴에이저 초입에 통학 기차를 타서 청년기 입구에 기차에서 내렸다. 그 6년 동안 기차에는 나의 희망과 포부, 절망과 좌절이 함께 타고 있었다. 한국전쟁이 끝난 지 10년밖에 안 된 1960년대, 아직 어둠이 걷히기 전인 새벽 안양역에 깊은 숨을 토해내듯 흰 김을 뿜으며 다가오던, 지친 기색도 없이 당당해 보였던 통근·통학용 증기기관차 ……. 그 낡은 기차에 대한 기억이 새롭다. 서울역을 거쳐 각자의 학교로 흩어졌다가 하교 시간이 되면 하나둘 다시 모여들던 곳이 그 역이었다. 기차가 지날 때면, 특히 황혼이 질 무렵, 요란한 소리를 내던 한강철교 또한 10대를 떠올려주는 그립고 강한 상징이다.

고등학교 때 토요일은 수업이 일찍 끝나도 집으로 가는 기차 시간까지는 두 시간 정도가 비어 있었다. 그 두 시간을 보내기 위해 나는 자주 혼자서 광화문 주변의 전시장을 순례했다. 무료로 관람

할 수 있는 전시장이 세 곳이나 있다니 얼마나 다행이었던가? 주요 전시장이 있던 곳이 서울시민회관(현재의 세종문화회관)과 서울신문사 건물, 그 건너 덕수궁 뒤편의 어느 공공건물 등 대략 세 군데였다. 빈 시간 때우는 것도 중요했지만, 토요일 오후 전시장을 한 바퀴 돌면서 그림과 조각에 대한 나름의 문화적 갈증을 채웠다.

고교 시절에 대해서는 대부분 할 얘기가 많다. 다른 얘기를 하나 해본다. 고2 때 쉬는 시간에 급우 K와 치고받고 싸웠다. 교실이 난장판이 되고 누군가 교무실에 일렀다. 훈육 담당인 체육 선생님을 거쳐 담임선생님에게 갔다. 선생님은 대충 자초지종을 들어본 후 물었다. 의자 옆에 몽둥이가 있었다.

"너 몇 살이냐?"

"17살입니다."

17대의 매가 내 종아리 위에서 불탔다. 금세 종아리가 퍼렇다가 시커멓게 멍들었다. K도 마찬가지로 맞았다. 그러나 그것이 싸움을 한 잘못에 대한 대가라고 생각했으므로, 내게는 그분에 대한 원망이 없었다. 평소 남자다우면서도 자상하고 원칙에 충실한 그분을 오히려 좋아했다. 그분은 고인이 되신 '실력파' 국어 교사 L 선생님이다.

당시 매 17대가 지독하다는 느낌도 들었으나, 그분대로 배려한 결과라는 생각도 했다. 하나는 자신이 매를 세게 듦으로써 우리의 싸움이 더 이상 복잡한 교칙 위반 문제로 번지는 것을 예방하고자 했을 것 같다. 다른 하나는 10대들의 반항심 많은 학급을 통솔하기 위한 일벌백계의 효과였을 것이다.

인연은 질기고 예측할 수 없는 것이다. 그로부터 20년 가까이 흘러 그분은 대학교수가 되어 우리 신문사 우리 문화부에 들르셨다. 어떤 국어 문제에 대해 기고할 원고를 들고 오셨다. 집에 와 선생님 만난 얘기를 했는데, 신기하게도 아내도 그분의 대학 제자였다. 여기서 끝났으면 굳이 인연이 '질기다'고 할 것까지는 없었으리라. 다음 해 아내가 자신의 모교에 강의를 하러 갔다가, 자신을 기억하는 선생님과 조우하게 되었다. 대화가 오갔다.

"반갑구나. 결혼은 했나?"

"예, 했습니다."

"남편은 무얼 하지?"

"회사원입니다."

아내는 굳이 신문사라는 걸 밝히고 싶지 않았다고 한다. 그러나 선생님의 질문은 집요했다.

"어느 회사인고?"

"신문사입니다"

"어느 신문사?"

"한국일보사입니다."

"어느 부서에서 근무하는데?"

대충 넘어갈 줄 알았던 얘기가 이쯤에 이르자, 아내가 하는 수 없이 손을 들었다.

"실은 제 남편도 교수님의 서울고등학교 제자입니다. 얼마 전에 한번 뵌 적이 있는 문화부의 박래부입니다."

두 사람이 함께 웃었다고 한다.

그 얼마 뒤 나는 고등학교 동기 회보에 '어디서 무엇이 되어 다시 만나랴'라는 제목으로 이런 얘기를 썼다. 우연히 우리 부부가 동

창들이 대부분 좋아하는 그 선생님의 제자라는 사실이 화젯거리가
될 것 같았기 때문이다. "어디서 무엇이 되어 ······"는 김광섭의 짧은
시 「저녁에」의 한 구절이다. 제목보다도 더 유명한 이 마지막 구절
은 다정하고도 육중한 여운을 남긴다.

　당시는 지금처럼 인터넷을 이용한 동기 회보가 아니라 종이 인
쇄물이었다. 나는 그 동기 회보를 선생님께 우편으로 부쳐드렸다.
선생님에 관해 쓴 글을 보내지 않는 것이 오히려 결례일 것 같았다.
그런데 뒤에 전해들은 말로는 선생님이 "무척 창피하고 미안하더
군" 하셨다고 한다. 선생님이 내 아내와 나눈 얘기와 함께, 내가 싸
우다가 발각되어 선생님에게 17대나 맞은 이야기도 실려 있었기 때
문이다. 인연이 이토록 길게 이어질 것을 알면 누가 허투루 그날그
날을 살며, 설령 교육을 위해서라도 매를 들겠는가. 그러나 선생님
에게 진심으로 말씀드리고 싶다.

　'선생님 그러실 것 없습니다. 저는 원칙을 가지고 지도하시는 선
생님을 좋아했습니다.'

　그때 왜 K와 싸웠을까. 쓰다 보니 그 싸움에 대해 얘기할 필요를

홍천강변 oil on canvas, 41 × 32cm, 2003

느낀다. K는 나를 얕잡아보는 행동을 해왔다. 나도 벼르고 있었는데 그날도 그랬다. '한판 붙어야겠다!' 작심을 한 뒤 쉬는 시간에 그에게 다가갔다. 내가 주먹을 날리고 한참 서로 난타전을 펴다가 교무실로 끌려갔다. 승부가 나지 않은 상태로 싸움은 끝났지만, K는 그 뒤로 내 시선을 피했다. 그의 친구들도 내게 와서 겁을 주었으나 별로 신경 쓸 것은 없었다.

세상은 부당한 일로 차고 넘친다. 부당해도 참거나 피하면 자신이 비겁한 약자임을 인정하는 것이 된다. 그럴 때 말로 상대를 야무지고 당당하게 반격하거나, 분연히 싸움에 나서면 최소한 자기 자신을 지킬 수는 있다. 더구나 상대가 나보다 덩치가 클 때, 혹시 내가 조금 밀리더라도 손해나는 것은 아니다. 교실뿐 아니라 사회에서도, 못된 자들이 부당하게 행세하려 든다면 사정은 마찬가지다. 형태는 다르더라도 본질은 같다.

서울역을 떠나기 전에, 잠시 역사를 들춰보자면 서울역은 일본의 도쿄(東京)역, 중국 랴오닝성의 대도시 선양(瀋陽)역과 비슷한 건축양식과 외양을 보여준다. 세 건물의 설계자는 모두 일제 때 사제 관계였던 일본인이다. 일제의 사악하고 허황된 대륙 침략 야욕을 반영하고 있는 철도역들인 것이다. 많이 닮았지만 도쿄역이 섬세하고 여성적이라면, 서울역은 좀 더 웅장하고 남성적인 특징을 지닌 것으로 보인다. 선양역은 다소 직선적이고 단조로운 느낌을 준다.

대학 때 내가 정물을 유화로 그리고 있는데 형이 등 뒤에서 말했다.

"왜 색깔이 그 모양이냐?"

듣고 보니 정말 그랬다. 성급한 마음에 유화를 수채화처럼 그리다 보니, 여러 색깔이 뒤섞여 그림 전체가 혼탁하고 역겨운 색깔이 되어버렸다. 유화는 칠한 색이 마르기를 기다려 그 위에 다른 색을 칠해야 한다. 그렇기 때문에 작업에 많은 시간이 필요하다. 가끔 의도했던 만큼 색깔이 나오지 않거나 혼탁한 색이 나올 때, 형의 말이 떠오른다.

필리핀에서 그릴 때였다. 한국인 골퍼와 필리핀 여성 캐디 등 여러 사람이 뒤에서 구경을 하고 있었다. 호기심 많은 캐디들이 이것저것 묻다가 "이 그림을 다 그리려면 시간이 얼마나 걸리느냐?"라고 물어왔다. 10호 크기(1호는 엽서 한 장 크기)의 그림이었는데, 내 딴에는 시간을 많이 줄여서 "Four or five days(4~5일)"라고 답했다.

그러자 뒤에서 한 한국인이 "Four or five hours!(4~5시간!)"라고 바꿔서 외치고는 자리를 떴다. 아마 '골프장에 와서 그림이나 그리는 것도 눈꼴신데, 잘난 체 뻥치지 말라'는 것 같았다. 나는 어이가 없었지만 캐디들이나 들으라고 "He does not know(저 사람은 몰라)"라고 중얼거릴 수밖에 없었다.

오랜 이상향

복숭아밭

4월이 되면 옛 노래가 떠오르곤 한다. 생뚱맞을 수도 있으나 외국 곡 「Cherry pink and apple blossom white(분홍 벚꽃과 하얀 사과꽃)」다. 노래 제목처럼 화사한 분홍 벚꽃과 하얀 사과꽃이 봄의 들판 여기저기에서 나를 기다리는 듯하다. 이 연주곡은 1950년대 세계적으로 유행해서 나도 성장한 뒤에 라디오에서 가끔 들었다. 새로운 맘보 리듬이 즐겁고 생동감 넘치는 이 곡은 안다성이 '체리핑크 맘보'라는 제목으로 번안해 불러 널리 알려졌다. 4월에는 자고 나면 새로운 꽃이 피어나 산하가 온통 꽃동네가 된다. 벚꽃과 복숭아꽃, 사과꽃, 배꽃에서 꿀을 모으는 벌과 나비처럼, 나도 야외로 그리러 나갈 생각에 가슴이 띈다.

경희대로 벚꽃을 그리러 갔다. 그 대학 캠퍼스는 주로 지형과 굴곡에 맞춰 설계된 건물들이 세워져 전체가 자연스럽고 아름답다. 그중에도 대학 본관과 평화의 전당이 이웃해 있는 장소는 압권이다. 본관은 코린트 건축양식을 바탕으로 큰 열주가 도열해 있고 그 위에 우아한 지붕 장식을 했다. 음악회와 운동경기 등이 열리는 평화의 전당은 유럽 성당처럼 장식이 화려하고 웅장하다.

건물의 웅장미와 화사한 벚꽃이 어울려 낭만과 환상을 자아낸다. 캠퍼스는 학생뿐 아니라 벚꽃 구경을 나온 시민들로도 붐빈다. 본관 앞 광장에서는 여러 학생들이 군데군데 무리를 지어 즐겁게 이야기를 나누고 노래를 한다. 가끔 느닷없이 높고 활기찬 웃음소리가 울려 퍼지기도 하면서 시끌벅적한 분위기가 계속 이어진다.

잔칫집 같은 분위기에는 치킨이나 피자, 중국 음식, 술 등을 배달하는 학교 주변 음식점까지 가세한다. 일정량 이상의 음식을 주문하면 학생들이 깔고 앉을 돗자리까지 빌려준다. 오토바이 음식 배달원들이 대기하는 곳 뒤편의 나무 그늘 아래서 그림을 그린다. 배달원들도 틈이 나면 내 뒤로 와 그림 구경도 하고 내게 싱거운 농담도 건네다 간다. 아름다운 교정에서 젊음을 즐기는 학생들, 씩씩하고 유쾌한 배달원들 사이에서 하루 종일 만개한 벚꽃을 그렸다.

사방으로 폭발하듯이 뻗어나간 가지에 분홍색 꽃을 무수히 달고 있는 벚나무는 그 자체로 봄의 상징이자 기쁨이다. 지금은 전국 도로에 아름다운 벚꽃 길이 가꾸어져 일일이 열거하기도 힘들다. 그 중에도 충북 제천 청풍호의 벚꽃 길과 전남 영암의 왕인로 벚꽃 길

K 대학의 봄 oil on canvas, 45.5 × 53cm, 2012

을 특히 손꼽고 싶다. 청풍호 벚꽃 길은 호반을 따라 구불구불 곡선으로 길게 펼쳐지며, 영암 월출산 기슭의 화사한 100리 벚꽃 길은 차로 30분 정도를 달리도록 감탄을 자아낸다.

분홍색 꽃이 피는 큰키나무는 벚나무와 살구나무, 복숭아나무 등이다. 주로 과수원에서 하얀 꽃이 피는 것은 사과나무와 배나무 등이다. 벚꽃은 발랄함과 화사함, 화려함으로 다른 꽃들을 압도한다. 벚나무는 조경수와 가로수로 많이 심지만, 자생하는 산벚나무도 의외로 많다. 4~5월에 산을 희게, 혹은 흰색에 가까운 핑크로 수놓는 나무들이 산벚나무다.

벚꽃은 일본 국화로 오해된 적도 있으나 그건 아니다. 일본은 누대로 봄에 화사하게 피고 덧없이 지는 벚꽃을 젊은이의 목숨을 전장으로 유인하는 군국주의적 애국주의에 이용했다. 지금도 일본인이 많이 사랑하는 꽃이다. 4월 초 도쿄 시내의 대중적인 우에노 공원에 가면 벚꽃놀이 나온 시민들로 발 디딜 틈이 없다.

벚나무를 과수원에서 재배하지는 않는다. 열매가 너무 작아서 상품성이 없기 때문일까? 그러나 진한 자주색으로 익은 버찌를 입에 넣고 깨물면 얼마나 달콤하고 싱그러운가? 요즘은 재래종보다

진암리 복숭아밭 oil on canvas, 53 × 45.5cm, 2013

훨씬 큰 외국산 '체리'가 많이 수입되고 있다. 이들과 겨룰 우리 버찌의 품질 개량을 기대해본다.

그 후 벚꽃보다 나를 더 강하게 끌기 시작한 것이 복숭아꽃이다. 비슷한 분홍색이지만 복숭아꽃의 색깔에 좀 더 강약이 있다. 또한 복숭아 과수원은 벚꽃 길보다 대부분 그림 그리기에 더 나은 구도를 지니고 있다. 혼자 복숭아 산지로 유명한 경기도 장호원 진암리로 그리러 갔을 때다. 먼저 그릴 만한 곳을 찾으러 여러 집의 과수원을 이리저리 배회하게 된다. 복숭아꽃과 주택, 산 등 주변 풍경이 어울리게 구도를 이룬 곳을 찾기는 언제나 쉽지 않다. 30분 정도 걸려 그런대로 맘에 드는 자리를 골랐다.

그러고 보니 마음이 급해 과수원 주인집에 양해를 구하는 것은 물론이고, 인사도 하지 못했다. 그릴 곳을 찾아 여러 과수원을 넘나들다 보면 일일이 주인에게 인사를 하는 것이 어색하다. 내가 무단 침입을 한 셈인데, 50m쯤 떨어진 주인집의 사람들도 처음에만 잠시 쳐다보았을 뿐 내게 전혀 신경을 쓰지 않았다. 화구를 펼쳐놓고 작업하는 동안에도 내 근처에 얼씬도 하지 않았다. 지금이 한창

바쁜 이 사람들은 몇 달 뒤 복숭아가 익기 전까지는 외부의 틈입자를 경계할 까닭이 없을 것이다.

복숭아꽃도 아름답지만 열매가 지닌 맛과 향기, 하트에 가까운 모양은 과일 중에도 뛰어나다. 무릉도원이나 유비(劉備)와 관우(關羽)와 장비(張飛)의 도원결의, 안견의 〈몽유도원도〉 등에서처럼 복숭아밭은 오래전부터 동양인이 꿈꿔온 이상향이기도 하다. 서양인의 복숭아 사랑도 다르지 않다. 야트막한 과수원 울타리 안에 파란 하늘과 흰 구름을 이고 가지를 자유롭게 뻗고 있는 빈센트 반 고흐(Vincent van Gogh)의 풍경화 〈분홍 복숭아나무〉는 우리에게도 친숙하다. 과수원 중 가장 그리고 싶은 곳은 복숭아 과수원이다. 사과꽃과 배꽃이 흰색인 데 비해 복숭아꽃은 분홍색이다. 그 분홍색이 거리에 따라 미묘하게 흰색 가까이 변주된다.

4월 하순이면 충북 음성군 감곡면에서는 '복숭아꽃 그리기대회와 사진촬영대회'가 열린다. 감곡은 이웃해 있는 경기 이천시 장호원읍과 함께 대표적인 복숭아 산지다. 대회가 열리는 시기는 물론 복숭아꽃이 만개하는 무렵이다. 생명이 약동하는 이때의 과수원은 복숭아꽃과 풀꽃, 사람들로 풍요롭고 활기차다.

꽃과는 다른 이야기이지만 도시가, 서울이, 퍽 아름답게 느껴지는 때가 은행잎이 물들 무렵이다. 거리와 어울리는 은행나무 잎이 긴 행렬을 이룰 때, 한옥 기와와도 보기 좋게 조화를 이룰 때, 도시는 종전과는 다른 색채와 표정으로 사람들에게 다가온다.

그런데 은행나무 꽃을 본 적이 있는가? 보았겠지만 못 보았다고 생각하는 사람이 많을 것이다. 은행나무 꽃은 그다지 사람의 눈길을 끌지 못한다. 가을철 눈부신 노란 낙엽과 비교하면 더욱 그렇다. 꽃 자체가 연두색으로 잎사귀와 비슷해서 눈에 잘 띄지 않고, 낙화했을 때는 작은 벌레 비슷한 형태가 되어 도무지 존재감이 없다. 꽃에 관한 한 은행나무는 약간 안쓰럽기도 하다.

진암리에서 5시간 정도를 그렸다. 세상에 대한 생각의 끈을 놓아버린 자유의 시간이었다. 그때 적막함이 너무 무겁지 않도록 잔무늬를 만들어준 것이 새 울음이다. 새는 풍경화가에게 가장 친근한 벗이다. 봄철 과수원에서 그림을 그릴 때 새들은 가까운 이웃이 된다. 경계심 많은 새들은 처음에는 내 근처에 오지 않지만, 반시간 정도 지나면 나라는 존재에 거의 무관심하게 우짖고 가까이서 먹이를 찾는다. 봄철의 새는 서둘러 짝을 지어 종족을 번성시키려고도 분주히 울겠지만, 나무와 꽃의 정령들에게 '어서 꽃을 피우라'고 유혹하기 위해 노래하는 듯도 하다. 들판에 선 나는 자연에 대한 경이와 예찬으로 마음이 맑아지고 겸허해지는 것을 느낀다. 내가 상상하는 낙원은 온갖 과일이 무르익어 풍요로운 가을이 아니다. 그보다는 온갖 꽃이 피어나고 새가 지저귀는 봄이다.

꿩은 복숭아꽃을 그릴 즈음에 근처 숲의 보이지 않는 곳에서 잊을 만하면 한 번씩 운다. 대략 10분마다 한 번씩 우는 것 같다. 홀로 떨어져 먹이를 찾다가 "꾁- 꾁-" 하고 두 번씩 힘차게 울음을 날린다. 그 울음은 배우자나 식구들에게 자기가 있는 위치와 별일 없음을 알리는 신호 같다. 그러나 울음소리가 외모만큼 아름답지는 않다. 울음소리까지 예뻐야 할 필요를 못 느끼는 모양이다. 아내는 화려하고 고귀해 보이는 꿩의 울음소리만 들어도 기분이 좋아진다. 서오릉이나 삼청공원을 산책하다가도 꿩 울음이 들리면 굳이 그쪽을 찾아간다. 그래서 요행히 꿩을 보기라도 하면 그날은 '운 좋은 날'이라고 흐뭇해한다.

장호원 복숭아밭 oil on canvas, 53 × 45.5cm, 2012

새들에게 우리나라는 논과 밭, 산이 대부분 서로 가까이 있어서 더욱 정겹고 안심이 될 것이다. 그 무렵 먼 산에서는 뻐꾸기가 울고, 가까이는 꾀꼬리가 삶의 기쁨을 일깨워주듯이 즐겁게 지저귄다. 나는 '혼자 그림을 그리는 이때만은 진정 행복하구나' 하는 자족감에 잠긴다. 아마 들판에서 그린 많은 풍경화가의 그림에는 꿩과 뻐꾸기 등의 울음이 배어 있고, 바닷가 그림에는 갈매기의 울음과 파도 소리가 잔물결을 이루고 있을 것이다. 그런데 미안하지만 주변에서 흔히 볼 수 있어 그런지 비둘기나 까치, 참새, 직박구리 등의 울음에서는 감흥이 덜하다.

4월의 들판에서 '환생'이라는 말을 떠올려본다. 예전 유럽의 사교계에서는 흔히 "당신은 어느 시대에 태어났으면 좋았겠다고 생각하십니까?"라고 물었다고 한다. 젊은 남녀는 그 물음에 대해 진지한 모습으로, 자신의 지식과 교양을 다 동원해, 어느 시대라고 답하고 설명했을 것이다. 남녀의 상상력이 흥미롭게 펼쳐졌을 듯하다. 그러나 또한 재미는 있었을망정 덧없는 풍경이기도 했을 것 같다. 그것도 사교계에 초대받는 특수층 신분이나 누릴 수 있는 호사와 지적 놀이였을 것이다.

이에 비하면 그리스 철학자 피타고라스(Pythagoras)나 불교가 지닌 윤회설에는 엄정함이 있다. 윤회설을 받아들인다면 아무도 거기서 벗어날 수 없다. 불교 신자는 아니지만 만약 불교적 윤회에 따라 다시 태어나는 것이 허락된다면, 나는 경쟁하며 고심참담하게 살아야 하는 인간으로는 환생하고 싶지 않다. 작은 기쁨에 도취되는 대가로 길고 힘겨운 고통을 감내해야 하는 인간의 생은 한 번으로 족하다. 나는 아름다운 꽃을 피우는 나무나, 즐거운 목소리로 지저귀는 새로 태어나고 싶다. 나무가 된 나의 풍성한 가지에 귀여운 새가 와서 노래하거나, 반대로 내가 새가 되어 잎사귀가 무성한 나무의 품에서 우짖으며 살면 얼마나 넉넉하고 살맛이 나랴.

살구나무와 그 꽃은 예부터 친숙하다. 당당한 높이로 서 있는 살구나무는 그 열매 모양도 훌륭하지만 꽃 역시 화사하고 정겹다. 그러나 "빛 좋은 개살구"라는 얄궂은 말도 있다. 겉모양과 색깔은 먹음직스러운데 열매 맛은 좀 기대에 미치지 못한다. 이호우 시조시인의 빼어난 현대시조 「살구꽃 핀 마을」을 읽으면 금세 고향이 떠오른다.

살구꽃 핀 마을은 어디나 고향 같다

만나는 사람마다 등이라도 치고 지고

뉘 집을 들어서면은 반겨 아니 맞으리

애석한 점은 살구나무가 다른 과수처럼 과수원에 밀식돼 있지
않아 그림을 그리기에는 좀 허전한 것이다.

복숭아꽃을 그리기 위해 여러 곳을 찾아다녔다. 감히 비교하는
것이 외람되지만, 반 고흐의 그림 중에도 야외 작업을 하러 가는 자
신의 모습을 그린 작품이 있다. 두 그루의 가로수가 서 있는 들판
길을 터벅터벅 걸어가는 장면이다. 화구가 가득 든 커다란 짐을 지
고 한 손에는 캔버스를, 다른 손에는 먹을 것으로 보이는 가방을 들
고 걷고 있다.

머리에 밀짚모자를 쓰고 긴 그림자를 늘어뜨린 채 걷는 모습이
외롭고 소박하지만, 자신의 작업에 대한 확신이 느껴지는 그림이기
도 하다. 확신과 자긍심이 없다면, 업보 같은 그 커다란 짐을 지고
들고 하며 꽤 멀어 보이는 그 길을 걸었을 리가 없다. 더구나 자신이

사곡 2리 복숭아밭 oil on canvas, 61 × 50cm, 2015

홀로 걷는 모습을 그림으로 남길 이유도 없을 것이다.

지금은 150년 전에 비해 화구가 많이 가볍고 간편해졌지만, 그래도 야외로 그림을 그리러 갈 때는 짐이 제법 많고 무겁다. 배낭에 유화물감과 팔레트, 붓, 다 그린 후 붓을 빨기 위한 소형 석유통, 간이 의자, 간단히 먹고 마실 음식, 모자와 예비 옷, 헌 신문지 등을 챙긴다.

다른 널찍한 가방에는 이젤과 캔버스 두 개 등을 넣는다. 캔버스는 같은 크기의 것을 두 개 가지고 가야, 작업을 한 후 아직 마르지 않은 유화물감이 다른 곳에 묻지 않게 가져올 수 있다. 이를 위해 집게도 가지고 가야 한다. 그런데 종종 중요한 화구를 빼놓고 가서 낭패를 보기도 한다. 이젤을 가져가지 않아 근처 농가에서 의자를 빌려 그 위에 놓고 그린 적도 있고, 팔레트나 석유통을 잊고 간 적도 있다.

동서양의 수련

봉선사에서 수련을 그리던 5월의 일요일. 날씨가 아주 포근하고 청명했다. 광릉수목원 옆에 있는 봉선사는 절 중에서는 특이하게 경내에 연꽃과 수련을 심은 논을 포함해 넓은 뜰을 거느리고 있다. 논이 아니라 밭인 점은 다르지만, 비슷하게 뜰을 여유롭게 거느린 절로 경북 울진의 아름다운 불영사를 들 수 있다. 봉선사에는 뜰 한구석에 호수라기보다는 웅덩이 정도로 돼 보이는 곳도 있다. 그 웅덩이의 맑은 물 위에 수련과 노랑어리연꽃, 노랑꽃창포 등이 어울려 예쁘게 피어 있었다. 사찰의 넓은 뜰에서 그 꽃을 바라보기만 해도 마음이 따스하고 자연의 생명력으로 차올랐다.

수련의 아름다움은 우선 물 위에 떠 있는 잎사귀에 있을 것 같다. 여러 개의 크고 작은 타원을 그리고 있는 잎사귀의 모양과 배치는 독특하면서도 편안하다. 드문드문 꽃이 피어서 아름다움이 완성된다. 또한 수련 그림에서 중요한 것은 수련과 함께 물에 비친 하늘이다. 물은 투명하면서도 그 속에 하늘색과 수련 잎을 조화롭게 비춰준다.

경기 광주의 경안천 습지생태공원과 그 곁의 광동 청정습지공

수련과 창포 oil on canvas, 53 × 45cm, 2006

원은 나의 그림 그리기와는 인연이 잘 닿지 않았다. 경안천이 한강으로 유입되는 지점에 있는 이 공원들은 연꽃과 수련, 노랑어리연꽃, 창포, 갈대, 부들 등 수생식물이 군락을 이루고 있다. 서울 근교에서는 드물게 야생의 자연을 느낄 수 있는 활기찬 곳이다. 오리와 백로, 왜가리, 백조 등 많은 텃새와 철새도 사람의 위협으로부터 자유로워 한가롭게 헤엄친다. 조류탐사대도 설치되어 사진작가들도 즐겨 찾는다.

그곳에 수련을 그리러 갔다가 수련 잎이 너무 무성해 아쉽게도 발길을 돌린 적이 있다. 하늘빛을 안고 있는 물과 함께 수련을 그리려 했는데, 수련 잎이 수면을 다 덮어버린 것이다. 하늘을 그리는 일은 구름을 그리는 것과 크게 다르지 않다. 하늘과 구름을 그리는 일은 쉬울 것 같아도 꽤 까다롭다. 처음에는 구름 자체가 변화무쌍하고 천태만상이니까 하늘과 구름은 대충 그려도 될 줄 알았다. 그러나 그 풍경과 어울리는 구름을 그려야 하고, 하늘과 구름의 색깔에도 상당히 미묘한 변화와 조화가 있다. 그림을 그리기 위해 나는 평소 휴대전화로 구름 사진을 많이 찍어둔다.

옛날의 삶은 하늘이나 구름, 별 등과 지금보다 훨씬 가까웠을 것이다. 휘황한 전깃불이 별빛을 흐리게 하는 일도 없고, 고층 건물이 하늘과 구름을 가리지도 않았을 테니까. 예전 사람들은 드넓은 우주와 대화하며 자신을 좀 더 성찰했을 것이다. 순수성이 빛나는 시인 윤동주의 시집 『하늘과 바람과 별과 시』는 제목부터 자연이 지닌 풍부한 이미지를 보여준다. 멀리는 서산대사의 경건한 입적송이 있다.

生也一片浮雲起(생야일편부운기)   삶이란 한 조각구름이 일어남이고
死也一片浮雲滅(사야일편부운멸)   죽음이란 한 조각구름이 스러짐이다

그리기를 끝내고 돌아오는 길에 간혹 보게 되는 들판 위의 노을은 황홀하다. 그러나 저녁노을이 시작되어 하늘과 구름에 주황색이 물들고 번지다가, 어느덧 주황이 자주색으로, 다시 청회색으로 바뀌는 장엄한 시간은 결코 길지 않고, 덧없다. 30분 정도의 이 시간은 에밀리 디킨슨(Emily Dickinson)의 시 「귀뚜라미 울고」에 감동적으로 묘사되고 있다.

…… 얕은 풀에는 이슬이 맺히고

황혼이 나그네처럼 모자를 정중히 한쪽 손에 들고

자고 가려는지 발을 멈췄다

끝없는 어둠이 이웃사람처럼 다가왔다 ……

수련 중에는 벨기에의 브뤼헤에서 본 꽃도 아름다웠다. 브뤼헤
는 그곳에 가기 전까지는 별로 들어보지도 못한 도시였다. 만약 누
가 지금 '세계에서 제일 다시 가보고 싶은 도시'를 묻는다면 나는 가
장 먼저 브뤼헤를 꼽을 것이다. 벽돌로 지은 운치 있고 고색창연한
건물들 사이로 여러 개의 크고 작은 운하가 흐르고 있었다. 운하 물
위에 수련이 피어 있고, 그 사이로 백조가 고요히 헤엄치고 있었다.

건물과 운하, 수로는 사람이 처음부터 아름답게 건설한 것이니
그렇다 치더라도, 그곳에 백조까지 와서 살다니. 운하와 백조와 수
련이 함께 있는 고도가 참으로 이채롭고 매혹적이었다. 그 위에 관
광용 마차가 또각또각 소리를 내며 천천히 달리는 브뤼헤는 중세 고
딕 양식의 고풍스러운 건물과 곳곳에 솟아오른 성당의 첨탑, 미술
관과 조각으로 가득하다.

세미원의 다리 oil on canvas, 60.5 × 50cm, 2015

브뤼헤에 대해 좀 더 얘기를 하자면, '시간여행'이라는 말도 있
거니와 중세의 유럽 풍경이 이곳에 다 모아져 있는 느낌이다. 역사
지구 중심에 꽤 넓은 마르크트 광장이 있고, 그 광장 한편에는 현란
하게 장식된 오래된 시청 건물이 있다. 남쪽에는 높이 83m의 높다
랗고 경건해 보이는 종탑이 우뚝 서 있다. 좁은 나선형 계단을 한참
오르면 꼭대기에 닿는다. 꼭대기에는 거대한 하나의 종과 40여 개
의 각기 다른 종들이 매시 정각을 알리는 영롱한 음악을 들려준다.

수직적 건물은 숭고하고 초월적인 느낌을 주고, 수평적 건물은
안정적이고 평화로운 느낌을 준다고 한다. 수직의 종탑이 종교적
초월 의지를 상징하고 있다면, 그곳에서 바라보이는 수평의 브뤼헤
옛 시가지 풍경은 세속적이고 안락해 보이는 매력을 지니고 있다.
광장 주변에는 이곳의 주요 산업인 레이스와 도자기 등을 파는 가
게와 식당이 정돈된 모습으로 정겹게 늘어서 있다.

종탑과 종루 등 종교적 표상인 수직적 건축이나 조형물이 물론
기독교에만 있는 것은 아니다. 우리 사찰에는 단층 건물이 단연 많
지만, 법주사의 5층 팔상전이나 금산사의 3층 미륵전, 무량사의 2층

극락전 등 우아하고 정교한 건축들도 있다. 특히 각 절에 세워진 석탑이나 석불도 수직적 조형물로 우뚝하다. 기술과 비용 등 어려운 여건 속에서도 예부터 많은 불상이 세워졌다. 부여 대조사의 미륵보살 입상, 그와 유사한 형태로 논산 관촉사에 건립된 미륵보살 입상 등은 고졸한 아름다움으로 우리를 감동시킨다. 단순하고 소박한 조형이지만, 옛사람들의 경건한 신앙심을 바탕으로 지금보다 훨씬 더 많은 노력을 들인 끝에 세워졌을 것이다.

'천불천탑'으로 불리는 전남 화순 운주사는 석불과 석탑의 야외 전시장 같다. 경내에 다양한 형태의 불상이 가득 배치돼 있다. 그중 가장 눈길을 끄는 석불이 부부 와불이다. 길이 12m, 너비 10m의 큰 바위에 부부가 나란히 누워 있다. 어느 날 이 불상들이 일어나면 천지가 개벽되어 새 세상이 열린다고 한다. 예부터 민중이 지녀온, 그러나 이뤄지기 어려운, 혁명에의 소박하고 간절한 꿈이 누워서 세월을 기다리고 있는 것이다.

절에 가면 가장 눈여겨보게 되는 것이 탑이다. 종교에 기대고 있지만, 탑은 저마다 우수한 조각 작품이고 석공의 미의식이 반영된 조형물이기 때문이다. 소박하고 기교를 배제한 엄숙하고 경건한 탑, 부처님 보시기에 좋으라고 정교하고 화려하게 정성을 많이 들인 탑, 10층이 넘는 높은 탑, 다감해 보이는 낮은 탑 ······.

탑은 오랜 세월 비바람에 마모되었으나, 마모된 것 자체가 자연이 보태준 아름다움이다. 탑에 새겨진 부조의 윤곽마저 희미해지고, 모서리가 떨어져 나간 채 이끼가 끼어 있기도 하다. 내 생각은 몇백 년을 거슬러 올라가 그 탑을 만든 석공들의 소박한 꿈에 뒤섞이기도 한다. 또한 절은 허물어지고 쓸쓸하게 남은 터나, 지금은 논밭으로 바뀐 땅 위에 서 있는 탑들도 있다. 탑의 상층부는 망실되었으되 기단은 대지에 굳게 뿌리내린 채 선 그 석탑들은 실로 눈물겨운 바가 있다.

물론 벨기에인만 수련을 사랑하는 것은 아니다. 19세기의 영국 작가 조지 기싱(George Gissing)은 수련에 대한 각별한 애정을 지니고 있었던 듯하다. 그는 "고요한 연못에 떠 있는 하얀 수련을 보려고 몇 마일이건 걸어갔다"라고 『헨리 라이크로프트 수상록』에 쓰고 있다. 프랑스 인상주의 화가 클로드 모네(Claude Monet)도 파리 근처 지베르니에 있는 집의 정원에 정성 들여 수련 연못을 가꾸고 일본식

세미원 수련 oil on canvas, 60.5 × 50cm, 2015

다리를 설치했다. 그는 햇빛과 물, 수련이 신비롭게 반짝이며 아름답게 조화를 이루는 수많은 걸작을 남겼다.

나는 수련을 그리기 위해 집에서 가기에 그리 멀지 않은 양평 세미원 공원에도 몇 차례 갔다. 바로 곁의 두물머리도 많은 연꽃으로 알려져 있지만, 세미원에도 연꽃과 수련이 많다. 연꽃은 은은한 향기로 주변 공기를 물들이는 것에서부터 큰 꽃다운 풍모를 자랑한다. 큼직한 잎사귀와 긴 줄기 사이로 향기롭고 기품 있어 보이는 꽃을 피운다. 꽃이 지고 나면 모양이 샤워 꼭지 비슷한 검은 열매도 이채롭다. 연꽃은 백련과 홍련으로 색과 모양이 비교적 단순하다.

이에 비해 수련은 꽃 빛깔과 모양이 좀 더 다채롭다. 세미원에서는 연꽃은 넓은 못에 심어놓았고, 수련은 다양한 못에 꽃의 개성에 맞춰 아기자기하게 키우고 있다. 무인석과 말 조각 등 옛 석물과 함께 배치한 연못, 소나무의 물그림자와 수련이 어울리도록 만든 연못, 용이나 꽃병 형태의 높은 분수대에서 시원하게 물을 뿜는 연못 등이 있다. 또 일본식 다리를 설치한 모네의 지베르니 정원을 본뜬 연못도 관람객의 사랑을 받고 있다.

세미원의 수련을 몇 점 그렸다. 연꽃과 수련은 가까운 친척일 터

세미원의 무인석 oil on canvas, 53 × 45.5cm, 2012

이고, 꽃도 유사점이 많다. 그러나 서양화가에게는 연꽃보다 수련이 더 끌릴 것이다. 반면 한국화가 혹은 동양화가에게는 연꽃이 더 호감 가는 소재일 것 같다. 서양화에서는 선(線)보다 면(面)과 색채가 차지하는 비중이 더 큰 데 비해, 동양화에서는 선이 중요할 것이기 때문이다. 모네가 수련 연작에 몰두했던 점을 떠올리면 이해가 된다. 그러나 불교적 영향이 컸던 동양에서는 수련보다는 연꽃이 더 사랑을 받는다. 연꽃의 종교적 상징성이 더 크고, 향기에서도 그러하기 때문 같다. 유화 작업을 하는 나는 연꽃은 그리지 않고 수련은 즐겨 그렸다.

직업병에 가까운 사족을 잠깐 붙이고 싶다. 연꽃과 연관 있는 한자 표기 얘기다. 글 다루는 일을 오래 하다 보면 주변 사람들이 그런 버릇을 싫어하는 줄 알면서도, 오자를 그냥 지나치지 못하기 때문에 잘난 체하게 된다. '수련'은 어감이나 생태로 보아 한자가 '水蓮'일 듯하지만, '睡蓮'이 맞다. 낮에 피어 있던 꽃잎이 밤에는 오므라지기 때문에 '(잠)잘 수(睡)' 자를 쓴다.
또 하나, '연등'이 있다. 부처님 오신 날을 즈음하여 모든 절에서 등을 매달아 축하를 한다. 그 등 중에는 연꽃 모양이 많고 연꽃의 불교적 상징성 때문에 '蓮燈'으로 잘못 아는 이들이 많다. 그러나 '(불)사를 연(燃)' 자를 쓰는 '燃燈'으로 표기해야 한다. 실은 나도 전에는 이 두 한자를 잘못 알고 있었다. 지금 와서 잘 아는 체하는 편집증적 버릇을 눈감아주기 바란다.

집 베란다에서 자주색 꽃을 피우는 수련을 키우고 있다. 그러나 생각만큼 크고 탐스러운 잎과 꽃을 보지 못해 나도 서운하고 식물에게도 미안하다. 그 대신 백화등(白花藤)은 성공했다고 말할 수 있다. 친구가 선물해서 백화등을 키우기 시작했는데, 4월 초 꽃이 피면 향기가 참으로 황홀하다. 희고 작은 바람개비처럼 생긴 수많은 꽃에서 뿜어내는 백화등 향기는 거실을 가득 메우는데, 얼핏 난향과 비슷하다. 그러나 좋은 난초만큼 세련되거나 값비싸 보이는 향기는 아니다.

그러나 그 향기는 장미나 모란의 향기만큼 자극적이지 않아 편안하고, 프리지어처럼 싱그러운 기운을 띠지만 더 부드럽고 달콤한 느낌을 준다. 가냘픈 줄기와 작은 잎사귀 어디에서 그렇게 풍성한 향기를 생산해내는지, 신비롭고 경탄스럽다. 다섯 개의 작은 바람 개비가 돌면서 끊임없이 향기를 분수처럼 뿜는 것 같다.

처음에는 사람들이 이 꽃을 그렇게 불러 외래종인 '재스민'인 줄 알았다. 창경궁 식물원에서 보니 두 그루의 같은 나무가 '백화등'이 라는 명찰을 달고 있었다. 인터넷에서 찾으니 우리나라에서도 자생 하는 식물이었다. 그렇게 훌륭한 꽃에 대한 나의 무지가 창피했다.

광주 광산구 월봉서원으로 가는 길가에 있는 한 식당의 백화등 도 나를 부끄럽게 했다. 식당 건물 앞과 정원에는 큰 나무만 한 크 기의 백화등 세 그루가 싱싱하고 무성한 잎을 거느린 채 자라고 있 었다. 실외에서 크면 그렇게 잘 자라는 것을……, 야생의 환경을 누 리지 못하고 베란다에서 적은 흙과 더불어 자라는 우리 집의 백화 등에게 미안했다.

식당 여주인은 백화등을 무척 자랑스러워했다. 식사를 마치고 나온 손님들에게 그 향기에 대해 장황하게 자랑을 하면, 향기를 맡 은 손님들도 모두 부러워했다. 그런데 예전의 나처럼 그 주인도 그 꽃나무를 재스민으로 알고 있어 고쳐주었다. 나는 광주에서 돌아 온 다음 날 백화등 화분에 흙과 거름을 좀 더 보충해주는 것으로 위안을 삼았다.

　백화등은 난초에 대한 불만도 보상해주었다. 집에 여러 개의 난화분이 있지만, 난초는 때맞춰 물을 주고 분갈이를 해주는 등 기울이는 노력에 비해 결과는 대개 흡족하지 못하다. 정성이 충분치 않아 그렇겠지만, 그래도 의무적으로 돌보는 편인데, 어쩌다 꽃이 피게 되면 황송한 마음이 된다.

　전에 신문사로 난분이 여러 개 들어와 부원에게 "하나씩 가져가라"라고 한 적이 있다. 한 총각 부원이 "저는 난 킬러예요"라면서 사양했다. 갖다가 신경 써서 키워도 머지않아 꼭 죽고 말아 아예 안 가져간다는 것이다. 그 말이 이해는 되었다. 백화등은 이런 갈등을 겪지 않게 해주어 더 고맙다.

　백화등 얘기가 길어지는데, 연합뉴스 인물 정보 중에 '좋아하는 꽃'난도 있다. 나는 전에는 거기에 프리지어를 썼는데, 백화등을 키우기 시작한 후 그 자리를 백화등으로 바꿨다. 인터넷의 백화등 번식법으로 휘묻이가 있었다. 그 방법으로 번식에 성공해서 내게 선물했던 친구를 포함해 세 명에게 나눠주었다. 이름대로 백화등은 흰 꽃이 피는 덩굴식물이다. 성품도 너그러운 듯 물과 거름을 제때에 주고 가지를 다듬어주면, 어느 화초 못지않게 잘 자란다. 매년 3월이 되면 백화등으로 시선이 자주 가고, 이윽고 4월이 되면 보름 이상을 향기에 묻혀 사는 호사를 누린다.

남산타워 아래 도서관

남산 위에 저 소나무 철갑을 두른 듯……..

「애국가」 2절의 첫 구절이다. 중학교 2학년 때 처음으로 남산의 소나무에 가까이 갔다. 송충이를 잡기 위해서였다. 학교가 남산 밑에 있었기 때문에 우리가 행사에 동원된 것 같다. 오전 수업을 마친 우리는 깡통과 나무젓가락을 들고 급우끼리 삼삼오오 남산에 올랐다.

농촌에서 초등학교를 다녀 송충이를 많이 보았으므로 익숙해질 법도 하건만, 송충이는 여전히 함부로 다가설 수 없도록 무서웠다. 현란한 색깔이 오히려 징그러웠고, 크기는 손가락만 해도 벌레답게 삐죽삐죽한 털로 무장한 채 몸을 구부렸다가 펴며 나아가는 동작이 소름 끼쳤다.

수업을 안 하고 친구들과 산에 가니 들뜬 기분도 들었다. 우리는 송충이를 잡아서 선생님이 파놓은 흙구덩이에 넣고 파묻었다. 남산은 멀리서 보기보다 꽤 크고 웅숭깊은 산이다. 그러나 1960년대의 남산은 기슭만 벗어나면 안전하지 않은 지대였다. 일반인이 접근하기에 꽤나 으슥하고 불안한 산이었다. 다음 날 교실에는 '어제 남산

남산 보이는 풍경 oil on canvas, 53 × 45.5cm, 2017

에서 누구누구가 깡패한테 끌려가 돈을 얼마 빼앗겼다'는 말이 돌
기도 했다. 3학년 때는 송충이를 잡으러 '동작동 국립묘지'로 불리
던 서울현충원에도 갔다.

　"송충이는 솔잎 먹고, 누에는 뽕잎 먹고 산다"라는 속담도 있을
만큼 예전의 이 벌레들은 우리의 삶에 가까이 있었다. 송충이는 솔
잎을 마구 갉아먹는 대표적인 해충이다. 우리 국토 거의 모든 산의
소나무에 송충이가 번져 있었다. 누에는 비단옷을 만들기 위해 키
우는 익충이지만, 그 생김만은 소름 끼치는 바가 있다. 지금은 누
에 키우는 집도 별로 없고, 송충이도 거의 보기가 어렵다. 송충이보
다 더 크고 징그러운 오동나무 벌레 등도 사라졌다. 옛날이 그리워
도 그런 징그러운 벌레들까지 보고 싶겠는가? 하나의 종이 사라지
는 것에 대해서는 고려해야 할 부분이 많겠지만, 적어도 세계보건
기구(WHO)가 1980년 공식적으로 선언한 천연두 박멸은 박수 칠 만
한 일이다.

　중학생 시절 이후 남산에 갈 일은 드물었다. 그로부터 40여 년이
지나 남산에 가는 일이 잦아졌다. 강제 해직되어 대학에서 언론학

강사를 할 때, 내 울분과 무력감을 많이 잊게 해준 곳이 남산도서관이었다. 그 도서관의 창문을 통해 바라보는 남산과 한강 쪽 경관도 빼어나지만, 거기서 남산서울타워에 이르는 완만한 산책 길은 차량 통행을 제한하고 있어 호젓하다. 나는 도서관 구내식당에서 점심을 사 먹고 1시간 가까이 그 길을 산책하곤 했다.

그 무렵 언론학과 미술 관련 책 등을 찾아 국립중앙도서관과 종로도서관, 정독도서관에도 갔다. 그러나 남산도서관만큼 아늑하고 편안한 도서관도 없었다. 찾아가는 교통편이 다소 번거롭지만, 오히려 그런 까닭에 다른 도서관에 비해 쾌적하고 열람실도 더 조용했다. 남산 중턱에 있기 때문에 계절에 따라 변하는 주변이 아름다웠다. 산길을 걸으면 기쁨을 느낄 때가 많았다.

남산타워로 뻗은 널찍한 길은 봄에는 벚꽃이 흐드러지게 피어 설레게 했고, 여름에는 큰 교목들이 서늘한 그늘을 만들어주었다. 덕수궁과 경복궁의 돌담길이 10분 거리도 못 되는 아쉬움이 있는 데 비해, 그 길은 계절에 따라 한적하고 소슬했다. 열람실에 앉아 있으면 가을에는 대형 창문을 통해 단풍의 황홀한 색채가 흘러들어 오는 듯했고, 겨울철 한강 쪽의 광대한 빈 공간에 내리는 함박눈은 마

음에 고요와 안식을 주었다. 유리창을 통해 내리는 함박눈을 보며
오랜만에 짧은 시 한 편을 쓰기도 했다.

겨울 숲

숲에 눈이 내린다

눈은 몸이 차가워 미안하다는 듯

나무 위로

가만 가만 내린다

나무는

괜찮다며, 괜찮다며

모든 팔을 벌려

눈을 껴안는다

숲은

작고 수줍은 만남의 인사들로

고요하고 부산하다

흰빛, 흰 소리로 자욱하다

얘기를 꺼낸 김에 예전 ≪국민대학보≫에 실린 시 한 편을 더 소개해볼까 한다. 그해 봄은 유달리 예년보다 몹시, 그리고 오래 추웠다. 급우가 다음의 시에서 장기 독재에 대한 저항을 읽고, 내가 정보기관에 잡혀가지나 않을까 걱정해주기도 했다. 당시는 인권과 표현의 자유를 탄압하고 감시해 혹독한 독재체제를 유지해가던 이른바 '유신시대'였다. 내게 별일은 일어나지 않았다.

그 뒤 ≪국민대학보≫가 제정한 국민문학상에 시가 당선된 적도 있으나, 신문사에 입사한 뒤로는 바쁘다는 핑계로 시를 쓰지 못했다. 계속 썼으면 좀 나아지긴 했겠지만, 내 남루한 글쓰기의 궤적을 돌아볼 때 그리 큰 시적 성취를 이뤘을 것 같지는 않다.

이상기온

해마다 이맘때면

철없는 애들처럼

봄빛이 나뭇가지에 기어올랐는데

삼월이 다 가도록

아직도 봄이 모자라는 것은

뵈지 않는 차가운 손이

계절을 붙잡고서 놓지 않기 때문

빛이 모자라 내버려진 교정에서

막일하는 인부들은

죽은 잔디를 파내고

뿌리가 꽁꽁 묶인 채

제 땅에서 실려 온

벚나무를 심고 있다.

버려진 것들을 돌보는 이들은

그래도 모자라는 봄을 봄답게 해보려고(1976.4)

공공 도서관은 모든 공간이 넉넉했고, 게다가 모두 무료였다. 나는 나름대로 기쁜 마음으로 도서관의 많은 이점을 누릴 수 있었다. 그러나 나도 혜택만 입을 것이 아니라, 뭔가 보답하고 싶어졌다. 나는 남산도서관에 갈 때마다 집에서 더 이상 보지 않는 책들을 기증했다. 문화부 기자를 오래 한 나의 집에는 책이 제법 많았다. 현역에서 떠난 나는 앞으로 읽을 일이 별로 없을 것 같은 책들을 도서 반납함에 넣었다. 자신을 밝힐 이유도 없어 책에 "기증"이라고 쓴 포스트잇을 붙여, 꽤 오랫동안 갈 때마다 두세 권씩 넣었다.

산책을 할 때마다 도서관 주변에서 그림의 구도가 될 만한 대상을 물색해보았다. 특히 봄철 벚꽃이 만개할 때는 남산타워를 향해 오르며 여러 번 눈여겨보았다. 그러나 매번 그릴 만한 구도를 찾지 못하고 빈손으로 돌아왔다. 그러다가 좀 떨어진 남산 백범광장 쪽으로 가서 올려다본 풍경이 비교적 안정적인 구도로 다가왔다. 옛날 어린이회관과 천체과학관으로 불리던 백색 건물 옆으로 남산타워가 높이 보이는 풍경이다.

오래전부터 산 중턱에 자리 잡은 옛 어린이회관과 천체과학관은 특이한 건물 형태 때문에 멀리서도 눈에 잘 띄었다. 하얀 건물에 돔 장식을 한 외양이 어린이들의 과학에 대한 관심과 야망을 북돋아주려는 듯, 이색적이고 세련된 모양을 갖추고 있었다.

전체 풍경이 다소 단조롭기는 해도, 개성 있는 건물을 공들여 그리고 탑이 서 있는 남산과 조화를 이루도록 하면 내가 생각하던 구도가 될 것 같았다. 제일 처음에 긋는 선은 그림에서 가장 신중하게 생각하고 그리는 선이다. 첫 번째 선을 중심으로 그 뒤 다른 형태들이 자리를 잡게 되기 때문이다. 하얀 돔과 어린이회관의 윤곽을 먼저 그리고 그 뒤의 남산은 실제보다 높이 배치했다. 이 그림에서 하얀 건물들도 중요하지만, 남산과 타워도 그에 못지않은 주인공이 될 것이다. 구도와 색채에서 전체적으로 무게감 있는 풍경화를 시도했으나, 단조로움을 피하기 위해 멀리까지 보이는 구름의 모습은 좀 더 역동적으로 표현하고자 했다.

1975년에 세워진 남산타워의 유명도는 파리 에펠탑이 누리는 명성에는 못 미친다. 지금은 파리의 상징처럼 되었지만 철탑인 에펠탑도 1889년 처음 세워졌을 때는 크게 혹평을 받기도 했다. 하지만 남산타워도 한국인들에게는 에펠탑에 버금갈 만한 인상으로 자

남산타워와 옛 어린이회관 oil on canvas, 52.5 × 45cm, 2017

리 잡은 듯하다. 어느덧 남산타워가 없는 남산 사진이나 그림은 허전해 보인다.

한번은 집에서 그림을 마무리하고 있는데, 도시가스 회사 직원이 가스 점검을 하고 돌아가다가 그것을 보았다. 그는 "풍경이 눈에 확 들어오네요. 저거 남산 그림이죠?" 하고 친근감을 표시했다. 남산타워와 옛 어린이회관 건물이 있으면, 단번에 알아보는 '서울 그림'이 되는 것 같다.

일본 도쿄에도 에펠탑과 형태가 비슷한 도쿄타워가 있다. 이 철탑은 에펠탑보다 9m가 더 높다. 그런데도 도쿄타워는 고층 건물들이 많이 에워싸고 있는 도심에 있는 탓에, 센강 옆 공원에 있는 에펠탑이나 산 위에 있는 남산타워에 비해 눈길을 끌지는 못한다.

남산이 서울의 한복판처럼 된 것이 1970년대 이후다. 논밭이던 강남땅이 신시가지로 개발되기 시작한 것이다. 산이 별안간 도시의 중심이 되다니 신기하기도 하다. 그러나 오히려 다행이라고 생각한다. 인터넷에 소개된 남산의 높이는 사전에 따라 262m와 265.2m로 다르고, 또 지도에는 270.8m로 되어 있다. 어느 것이 맞는지 난감하

다. 남성적 형태미를 자랑하는 주변의 다른 큰 산들과 달리, 남산은
화강암 위에 흙이 많이 쌓여 있다. 여성적 형상에 온화하고 푸근해
보인다. 남산은 차를 타고 멀리서 보아도 다정하다. 지금은 대형 빌
딩들이 그 앞을 막아서고 있지만, 20~30년 전만 해도 서울역을 나서
면 보게 되는 것이 남산이었다.

　　남산타워 앞 광장에는 대여섯 명의 초상화가들이 있다. 나는 그
곳에 갈 때마다 초상화가들의 정교하고 능숙한 작업에 감탄을 하며
오랫동안 구경한다. 한 번의 필선으로 얼굴 특징을 표현하는 그들
의 솜씨는 놀라운 바 있다. 초상화 혹은 인물화는 꽤 까다롭다. 세
심하게 정성을 기울여 그리고 나면 다른 사람들은 "잘 그렸다. 많이
닮았다"라고 평을 하는데도, 정작 초상을 그리게 한 본인은 시큰둥
해할 때가 많다. 화가와 고객이 품고 있는 이미지가 차이가 나기 때
문이다. 각자가 지닌 실상과 허상의 괴리라고나 할까.
　　남산 화가들의 말에서 교훈을 얻기도 한다. 화가가 그리기 시작
하면 앞에 앉은 고객은 근엄한 표정을 짓기 십상이다. 화가들이 얼
른 주문한다.

양수리 oil on canvas, 53 × 45.5cm, 2003

"웃으세요. 웃는 얼굴과 웃지 않는 얼굴은 그림에서 크게 차이가 납니다."

고객은 금방 알아듣고 웃음을 짓는다. 바로 친근감 있고 예쁜 얼굴이 된다. 나도 하회탈같이 환하게 웃는 표정을 평소에 자주 지어야겠다고 속으로 다짐해본다.

유명한 파리 몽마르트르 언덕에는 초상화가들이 상당히 많다. 몽마르트르는 큰 평원에 자리 잡은 파리시의 북쪽에 있는 야트막한 언덕이다. 파리의 평평한 중심가에 비해 그림 그리기에 좋도록 여러 구도를 제공하고 있어, 일찍부터 가난한 화가들이 모여들었다. 근대미술의 발달에 크게 공헌한 유서 깊은 언덕이다. 19세기 후반 빈센트 반 고흐(Vincent van Gogh)와 앙리 드 툴루즈 로트레크(Henri de Toulouse Lautrec), 모리스 유트릴로(Maurice Utrillo) 등의 작업 근거지였다.

지금도 유명·무명의 많은 화가들이 삶을 이어가는 터전이기도 하다. 언덕 바로 아래로는 불우했던 화가 로트레크의 비애가 스며있는 극장식 주점 물랭루즈 등이 있는 유명한 홍등가 피갈이다. 피갈은 밤의 관광지이고 몽마르트르는 낮의 관광지다. 언덕 공원에는

100명가량의 화가들이 초상화를 그리거나, 팔기 위한 유화를 그리고 있다. 남녀 화가들은 연령층도 다양하고 여러 나라 출신임을 한눈에 알아볼 수 있다. 대부분 화가로서 입신을 꿈꾸며 파리에 왔다가 좌절하자 초상화를 그리고 있는 셈이다.

그곳 화가와 관광객은 모두 즐겁고 진지하다. 안내해준 한국인 미술학도는 "우리 초상화를 그리게 하려면 서양인보다 동양인 화가에게 맡겨야 특징을 제대로 표현한다"라고 귀띔한다. 이 초상화가들은 퐁피두 센터 앞 광장에도 20~30명이 관광객에 둘러싸여 있다. 우리나라도 충실한 초상화를 더 많이 사랑하고 향유하는 문화가 됐으면 한다.

아직 우리의 미술문화 지층은 두텁지 않다. 지금은 고인이 된 화랑 대표의 이야기다. 그는 아들이 결혼하자 자신이 소장하던 귀한 그림 한두 점을 주려고 했다. 아들은 "그보다는 평면 TV와 명품 가구를 받고 싶다"라고 말했다고 한다. 뜻밖의 반응에 놀란 그 대표는 "아들의 문화적 감성에 참으로 실망했다"라며 쓸쓸해했다. 문화가 성숙하려면 순수예술이 사랑받는 풍토가 저변부터 자리 잡아야 한다.

세계의 주요 도시는 대부분 평원에 세워져 있으나, 서울은 많은 산과 큰 강을 끼고 있다. 주변의 산세를 잘 살리는 것이 서울의 아름다움을 드러내는 길이다. 한 외국 대사는 한국에서 임기를 마치고 귀국하면서 "어디서든 버스로 15분 정도만 가면 산기슭에 도착해 등산을 할 수 있는 서울을 떠나는 것이 서운하다"라고 말하기도 했다.

용산의 국립중앙박물관에 가끔 간다. 특히 휴일인데 눈비가 많이 오거나 혹서와 혹한일 경우, 박물관은 썩 안온하고 유익한 외출 장소가 된다. 국공립 박물관이 입장료를 받지 않기 시작한 뒤로, 가는 데 더욱 부담이 없다. 예전에 "프랑스 루브르박물관을 제대로 보려면 한 달 이상이 걸린다"라는 말을 듣고는 과장일 것이라고 생각했다. 그러나 이제 와보니 그 말이 맞다. 어느 작은 박물관이라도 세심하게 관람하려면 많은 시간을 들여야 한다.

중앙박물관의 동관과 서관 사이의 많은 계단을 오르면 남산과 옛 어린이회관 건물, 그리고 그 뒤로 북한산 인수봉이 보인다. 박물관 뒤편이 넓은 미군 기지이기 때문에, 다행히 시야를 가리는 고층 건물이 들어서지 못했나 보다. 전망 좋은 곳이 남아 있어서 천만다행이라고 여기며 이 풍경을 그렸다. 서울의 명산과 거리 풍경을 한 화폭에 담을 수 있어서 좋았다.

이것이 아기자기하고도 역동적인 표정을 함께 지닌 서울의 모습이다. 다른 나라의 대도시들과 다른 우리 서울의 특징적인 모습이다. 나는 낯익고 평범한 풍경 속에서 회화적 아름다움을 찾아내는 작업에 많이 이끌린다.

그런데 오른쪽의 제법 크고 높은 건물은 미군 기지 내의 미국인 전용 호텔이 아닐까 싶다. 중앙박물관이 세워지기 전, 미국인의 점심 초대를 받고 그 호텔에 가본 적이 있다. 지대가 낮아서인지 밖에 있는 일반 건물은 전혀 보이지 않고, 미군과 그 가족들을 위한 시설만 눈에 들어오는 희한한 곳이었다. 지금 미 8군 사령부가 경기도 평택으로 이전하기 시작하면서 이 넓은 용산 땅이 서울 시민의 품으로 돌아온다. 부대 이전 후 이곳은 공원화가 예정돼 있어 기대가 크다. 뉴욕 사람들의 자랑거리인 센트럴 파크에 비견될 만한 훌륭한 공원이 만들어지기를 학수고대한다.

바닷가

자유

바닷가에 오면 숨을 깊이 들이마신다. 달라진 공기를 느끼기 위해서다. 바닷가는 세월의 흔적과 바람, 혹은 자유의 느낌같이 신선하고도 원초적인 것들로 채워져 있다. 출렁이는 바닷물, 조용히 흔들리며 정박한 배, 수평선을 향해 오고 가는 크고 작은 배, 비릿한 냄새, 갈매기 울음소리 ……. 바닷가에 갈매기가 없다면, 그리고 갈매기가 높은 음정으로 끼룩대지 않는다면 얼마나 허전했을까? 아주 오래전에 본 영화의 시구가 떠오른다. 의미는 모호하지만 바닷가와 젊은 남녀의 이미지가 오래 기억에 남게 한 구절이다.

갈매기 울음소리는 여자 음성 같고
그 흰 털은 산탄에 진다

화구를 메고 바닷가를 이리저리 서성인다. 그릴 만한 곳을 찾기 위해 배회하다 보면 점차 마음이 편해진다. 좋은 장소를 찾아 그림을 그릴 수 있으면 더 말할 나위가 없다. 그러나 그런 곳을 찾지 못하더라도 바닷가가 여유와 위안을 줄 것이다.

서해안은 수영하기에는 좋으나 해수욕장을 그리기에는 부적절

한 곳이 많다. 바닷물까지 뻗은 모래밭이 너무 길어서 구도가 단조로워지기 때문이다. 서해안에서는 해수욕장 대신 주로 항구나 배 등을 그렸다. 당진 삼일포에서 아침나절에 바다를 그릴 때 안개가 끼어 있었다. 배들이 떠나지 못했다. 사람들은 안개가 걷히기를 기다리며 낚싯대를 꺼내어 선착장 옆 바다에 던지기도 했다. 또 다른 몇 명은 이런저런 이야기를 나누다가, 내가 그림을 그리기 시작하자 등 뒤로 와서 구경을 했다.

그들은 그림에 대해서는 한마디 말도 없이, 자기들 얘기를 나누며 구경만 했다. 얘기로 미루어 그들은 근처 섬의 공사장으로 가는 공사 자재와 살림 도구 등을 나르는 것 같았다. 두 시간 가까이 지나 안개가 어느 정도 걷히자 그들은 매어놨던 배의 줄을 풀고 바다로 떠났다. 갑자기 주위가 적막해졌다. 적막함에 익숙해질 때쯤, 홀연히 바다 가운데로 다른 배가 나타나고 다른 사람들이 선착장으로 올라왔다. 연극 무대에 등장인물이 바뀌는 듯한 부두의 변화가 신비롭기도 하다.

R. W. 에머슨(Ralph Waldo Emerson)에 따르면 남이 탄 배는 언제나

당진시 장고항 oil on canvas, 45.5 × 38cm, 2016

낭만의 대상이 될 수 있다. 멀리서 볼 때 배들은 대부분 평온해 보인다. 그러나 배에는 끊임없는 변화가 인다. 항해하는 배는 물론이고 크든 작든 모든 배는 끊임없이 조수와 파도, 바람에 의해 흔들리고 있다. 배는 안락해 보이면서도 고단한 삶을 연상시킨다.

바닷가라도 그리기 좋은 장소는 흔치 않다. 바닷가로 그리러 갔다가 구도가 마땅찮아 허탕을 치고 돌아온 날이 많다. 그리다가 날이 저물어 집에서 완성시키려고 애를 쓰다가, 결국 망친 적도 있다.

그림을 한창 그리고 있는데 그리던 배가 떠나가 버리고, 엉뚱한 다른 모양의 배가 그 자리를 채우는 일도 가끔 일어난다. 그리는 동안 밀물이 들어와서 방파제에 비해 정박한 배들의 높이가 높아지고, 전체 구도도 변해 곤란해지는 경우도 있다. 안개 낀 항구를 그리다 보면 바다 위를 자욱이 채웠던 안개가 어느덧 걷혀 배경 모습이 달라지기도 한다.

신문사 C 선배가 몇 번 군산의 째보선창 얘기를 한 적이 있다. "내가 젊어서 문학 좀 해보려고 문학책 옆구리에 끼고 째보선창을 거닐었을 때 말야 ……." 그때는 선배가 농담으로 지어낸 지명인 줄 알왔다. 째보선창은 실재하고 있었다. 그 선창은 물줄기가 옆으로 째져서 그런 이름을 얻었다고도 하고, 선창에서 유명하던 인물에서 비롯됐다는 얘기도 있다. 째보선창 부근에 군산근대역사박물관이 있다. 그 박물관에서는 금강과 서해가 만나는 강 하구가 지척에 정면으로 보인다. 어느 일요일 박물관 2층 발코니에서 강과 항구를 그리기로 허락을 받고 오전에 찾아갔다. 그러나 염려하던 비가 기어코 내리기 시작했다.

비가 그치기를 한참 기다리다가 결국 그림을 포기하고 친구들과 변산반도의 채석강으로 옮겼다. 가는 동안 비가 그쳤다. 채석강에 도착하니 서울에서 온 일요화가회 남녀 회원 30명가량이 바닷가 풍경을 그리고 있었다. 직접 그리는 것뿐 아니라 남이 그리는 것을 구경하는 일 또한 얼마나 즐거운가. 그들 대부분은 상당히 빠른 속도로 그리고 있었다. 어떤 화가는 하루에 두 점도 그린다고 하고, 어떤 이는 하나를 마치고 여러 장의 풍경 스케치 작업을 하고 있었다. 한 시간가량을 보다가 자리를 떴다.

또 한 번 일요화가회를 만난 적이 있다. 복숭아꽃이 만개하던 날 충북 감곡을 찾아갔는데, 그날도 어느 일요화가회에서 작업을 나왔

낙산해수욕장 oil on canvas, 60.5 × 41cm, 2016

경포대 oil on canvas, 53 × 45.5cm, 2016

다. 그날은 '햇사레 감곡 복숭아꽃 축제일'이기도 했다. 그림을 일찍 끝낸 화가들이 작업하는 내 등 뒤로 와서 얘기를 나누었다.

동해안에서는 바다와 모래밭, 사람, 건물이 함께 담기는 풍경을 그릴 수 있다. 언젠가 낙산사에서 산길을 내려오다가 서해안과는 다른 낙산해수욕장을 보고 사진을 찍어두었다. 그러나 동해안은 멀어서 가기가 쉽지 않았다. 1년 뒤 그곳을 다시 찾아 모처럼 동해안 그림을 그렸다. 이어 강릉의 경포해수욕장도 그렸다. 동해안에서 푸른 바다와 금빛 해수욕장이 넓게 펼쳐져 있는 풍경과 그 안에서 놀거나 쉬는 사람들을 그리고 나니, 내가 그때까지 시도했던 바닷가 그림에서 빠져 있던 중요한 부분이 채워지는 느낌이었다.

육군 상병이던 23살 되던 해 겨울, 처음으로 혼자 찾아간 경포대는 얼마나 아름답고 신선했던가? 휴가를 맞아 서울 청량리역에서 저녁 완행열차를 타면, 기차는 밤새 강원도 태백산맥을 넘어 아침녘에 해가 바닷물 위로 떠오르는 동해 해안선을 따라 북상했다. 강릉에서 아침을 먹고 찾아간 눈 덮인 경포대는 네 가지 선명한 색깔로 나를 맞아주었다. 소나무의 검푸른 색과 모래밭을 덮은 흰 눈,

파도에 눈이 녹아 드러나는 노란 모래, 그 뒤로 끝없이 출렁이는 파란 바다 ……. 처음 본 겨울 경포대의 인적 드문 풍경은 차라리 경이로웠다.

갈매기들을 보는 동안 머릿속에서 김남조의 시 「겨울 바다」가 떠오르다 사라지곤 했다. 그럴 나이였다.

겨울 바다에 가 보았지

미지(未知)의 새

보고 싶던 새들은 죽고 없었네

그대 생각을 했건만도

매운 해풍에

그 진실마저 눈물져 얼어 버리고

허무의

불

물이랑 위에 불 붙어 있었네

……

　자동차로 빠르게 지나가다 보면, 그려보고 싶은 풍경이 눈에 들어올 때가 있다. 순간적으로 지나가기 때문에 급히 차를 세워도 그 풍경은 이미 멀어져 버렸기 십상이다. 동해안으로 가는 길에 그런 풍경을 만났다. 두 번을 눈여겨보았다가 3년째 되던 해에 마침내 그리게 되었다. 오대산 월정사 입구가 그 풍경이다.

　우선 일행 네 명이 근처 식당에서 점심을 먹었다. 식당에서 나와 일행은 월정사와 상원사로 떠나고, 나는 밭 속으로 뻗은 길로 들어갔다. 농가와 채소밭, 가로수 등이 이룬 수평적이고 평온한 경치 뒤편으로, 힘차게 뻗어 내려오는 산 능선들이 역동적으로 조화를 이룬 보기 드문 풍경이었다.

　그런데 습기를 잔뜩 머금고 있는 하늘의 구름이 불안하게 느껴졌다. 우선 사진부터 찍고 그리기 시작했다. 30분 정도 작업을 했는데 비가 오기 시작했다. 후드득후드득 떨어지는 빗방울의 크기가 꽤 커 보였다. 급히 캔버스와 이젤 등 화구를 들고 근처 버스 정류장으로 비를 피했다. 한 시간 가까이 꽤 많은 양의 비가 내렸다.

　지붕과 삼면이 유리로 된, 텅 비어 있는 시골 정류장이 새삼 고마웠다. 어렵게 시작한 일이기는 하지만, 현장 작업을 포기하니 마

월정사 가는 길 oil on canvas, 45.5 × 38cm, 2017

음이 편하고 기분이 좋아졌다. 이렇게 멀리 떨어진 낯선 곳에서 뜻하지 않게 혼자 비 오는 풍경을 바라보게 되다니. 빗방울이 수백만 개의 손가락처럼 대지라는 건반을 우울하면서도 힘차게 두드리고 있었다. 자연 속에서 혼자 듣는 '소나기 소나타'가 신선하고 은총처럼 느껴졌다. 그날은 더 이상 그리지 못하고 스케치와 사진을 바탕으로 집에서 그림을 완성했다. 비 오기 직전의 풍경을 그린 그 그림은 세부 묘사가 적은 탓에 비교적 빨리 그려졌다.

육지가 건물 때문에 자연의 모습이 축소돼갈 때, 바다라는 거대한 빈 공간이 있다는 것은 큰 위안이다. 섬에서는 언제나 파도 소리와 끼룩거리는 갈매기 울음이 들려오는 듯하다. "너도 섬이다." 섬은 누구에게나 자신이 망망대해에 떠 있는 존재임을 일깨워준다. 지금은 연륙된 섬도 많아졌지만, 섬이란 배를 타고 가야 섬답다. 배에 오를 때의 출렁이는 설렘, 섬들 사이로 파도를 가르며 나아가는 배, 뒤따라오는 갈매기들, 이윽고 수평선 위로 나타나는 목적지가 조합돼야 섬에 가는 것이다.

오랫동안 섬에 가지 못하다가 울릉도에 갔다. 나처럼 혼자 온 노

총각도 만나서, 사진을 찍거나 밤낚시를 할 때 별로 불편하지 않았다. 울릉도는 예상보다 훨씬 아름다웠다. 풍경 자체가 다른 섬과는 많이 달랐다. 산봉우리와 해안, 분지, 낯선 형상의 바위 등이 원형의 신비를 드러내고 있었다. 높은 산봉우리들이 여러 겹으로 중첩되면서 신비로운 음영의 차이를 빚고, 또한 푸른 바닷물에 비쳐 이채로운 그늘과 그림자를 드리우고 있었다. 우리 국토에서 유명한 중국 구이린(桂林)과 가장 닮은 지형이 있다면 울릉도일 것이다.

돌아오는 날 오전에 언덕을 하나 넘어가 저동항에서 파스텔화를 그렸다. 저동항은 관광객이 거의 찾지 않는 작고 한적한 어업 중심의 포구다. 당시 여행 갈 때는 간편한 파스텔 물감과 스케치북을 지니고 다녔다. 몇 척의 어선과 방파제 등 항구 풍경을 한나절 그리는 동안 파도 소리와 갈매기 울음소리만 들려왔다. 작은 항구의 고적함이 더없이 좋았다.

나는 홍도와 흑산도는 아직 가보지 못했지만 큰 섬은 대부분 다녀왔다. 제주도는 여러 행사가 열려 가끔 갈 수 있었다. 강화도와 완도, 진도는 연육이 되어 있어 가기가 편했고, 울릉도, 거제도, 거문

연안부두 oil on canvas, 52.5 × 45.5cm, 2011

도, 백령도, 덕적도, 굴업도 등 모든 섬은 아름다웠다. 굴업도로 가는 뱃길에서 바라본 서해의 작은 섬들은 파도 저편에서 다도해 못지않은 아득함과 신비함으로 물에 반쯤 잠겨 있었다. 멀리 떨어진 고도에도 사람들이 살고 있음을 볼 때, 그들이 혹은 그들의 선조가 식솔을 이끌고 그곳에 정착한 사연이 자못 궁금해진다.

백령도는 두 번째 시도 끝에 가게 되었다. 첫 번은 새벽에 인천 연안부두까지 갔다가 허탕을 치고 돌아왔다. 바람이 불안하게 부는 새벽, 부둣가에서 해장국을 먹으며 낭보를 기다렸으나 풍랑주의보만 듣고 발길을 돌려야 했다. 섬은 냉정하기도 하다. 허투루 접근을 허용하지 않는다. 몇 년 뒤 가게 된 백령도는 특히 두무진 풍경이 압도적이었다. 석양 무렵 배를 타고 나가면, 40분 정도 펼쳐지는 기암절벽의 아름다움과 기이한 풍경의 변주가 가히 환상적이었다. 울릉도에서도 본 적이 없을 정도로 장관이고, 너무나 숭엄하고 경이로워서 이승에서는 만날 수 없는 풍경 같았다.

두무진은 인당수와 가까운 곳이다. 인당수는 「심청전」에서 효녀 심청이 제물이 되어 뛰어든 험하고 깊은 바다다. 백령도는 북한의 장산곶과는 불과 15km 떨어져 있고, 인당수는 장산곶과 백령도의 중간 수역이다. 몇 년 전 한국민속학회는 조사단을 구성한 뒤 1년간 고증 작업을 벌였다. 조사에서 「심청전」과 '심청 전설'을 종합한 후 결론을 내렸다고 한다. 심청이 태어나서 자란 곳이 황해도 황주라면, 심청이 바다에서 다시 살아온 곳은 백령도라고 주장했다. 그리고 보면 두무진과 인당수의 신비롭고 비현실적인 분위기가 아주 많이 닮아 있다.

남해의 한 섬에서 태어나 자란 친구가 있다. 지금은 서울에서 사는 그는 마음이 답답할 때면 차를 몰고 인천 바닷가로 간다. 한두 시간 바다를 말없이 바라보기만 해도, 가슴에 맺힌 것이 풀리고 씻기면서 평정심으로 돌아오는 것을 느낀다고 한다. 어디서든 자동차로 한두 시간 달려 바다를 볼 수 있는 반도 국가에 산다는 것 또한 행운이다. 바다는 우리에게 낭만과 즐거움, 풍부한 해산물까지 베풀어 줄 뿐만 아니라 늘 정서적 복원력으로 출렁인다.

둔황(敦煌)에서 한국을 방문한 40대 화가와 만난 적이 있다. 둔황은 중국 고비사막에 있는 오아시스 도시다. 모래로 뒤덮인 사막 가운데 하천 물이 철철 흘러가는 오아시스가 있다는 것도 신기하지만, 둔황은 부처를 그린 여러 개의 막고굴 불화로 더 유명하다. 그는 막고굴 불화를 모사해 재생시키는 전문가였다. "한국에서 먼저 어디를 가고 싶으냐?"라고 친구가 물었다. 그 화가는 망설임 없이 "바다"라고 답했다. 그를 인천 앞바다로 안내하자 그는 아주 흡족해했다. 그때까지 바다를 본 적이 없었던 것이다.

　모래와 물은 완전히 이질적이지만 이미지는 닮은 점도 많다. 사막과 바다는 드넓고 단순하고 막막하게 펼쳐져 있다. 상상 속에서라면 그 둘은 자극적이고 매혹적이다. 그러나 내가 처음 둔황의 사막을 걸어 야트막한 모래언덕에 이르자 눈앞에 일망무제의 사막이 펼쳐졌다. 장관에 감탄하는 것도 잠시, 사막은 바라보는 것만으로 나를 길 잃은 사람처럼 만들었다. 설명하기 어려운 아찔함이 압도해왔다. 눈앞에 전개되는 광대무변의 아득한 풍경은 무한한 자유 같기도 하고, 끝없는 절망과 한계처럼 느껴지기도 했다. 활용할 기회를 제공하지 않는 자유는 악마의 선물이라고 하던가? 문득, 다정하지만 때로는 험하고 거친 바다가 연상되었다. 자연은 헤아리기 어려운 매력과 두려움의 두 얼굴을 지니고 있다.

　제주도와 남해안에서는 아직 한 점도 그리지 못했지만, 그곳에서 선 해변 마을을 그리고 싶다. 1980년대 초봄에 거문도 가는 길에 본 작은 섬들에는 보리가 파릇파릇했다. 육지에서는 보기 어렵기 때문인지, 섬의 완만한 등성이를 타고 올라가는 보리 이랑의 풍경이 오래 기억에 남았다. 또한 그 무렵 한려수도 뱃길에서 본 마을들은 소박하고 정겨웠다. 언젠가 그곳에 가서 그때 풍경이 지금도 남아 있는 마을을 그리고 싶다.

　남해안에는 비극을 기록해가고 있는 항구도 있다. 올 4월 아침, 아직은 조금 이른 시각에 친구들과 함께 간 목포 신항의 철조망에는 세월호 희생자 사진과 노란색 추모 리본이 끝도 없이 걸려 있었다. 전국에서 온 승용차와 버스 등에서 사람들이 서둘러 내려왔다. 철조망 너머로 지칠 대로 지친 큰 고래 같은 모습으로 세월호가 길게 누워 있었다. 슬픔과 좌절, 분노의 빛깔인가. 푸른색과 흰색의 페인트로 칠해진 거대한 선체가 여기저기 긁히고 찌그러진 채 처참한 모습으로 녹슬어가고 있었다. 당시, 아홉 명의 주검이 아직도 그 배 안에, 혹은 그 주변 바닷속에 잠들어 있었다.

　물속은 고요하다. 2010년 천안함의 바다도 적막하다. 백령도 근처에서 해군 천안함이 폭발로 침몰했다. 승조원 104명 중 40명은 사망, 6명은 실종됐다. 시민단체와 언론이 정부 발표에 대해 의혹을 제기하고 있지만 지난 정부는 과학적 검증에 응하지 않았다. 북한의 어뢰 공격이라는 일방적 발표만 되풀이해왔다. 정치인들이 오염시킨 바다는 이전처럼 순수하고 청결한 공간이 아니다.

세
여
성

양귀비 · 신사임당 · 천경자

경기 수원에 전에 없던 커다란 양귀비밭이 조성돼 있다는 이야기를 듣고 화구를 챙겨서 갔다. 당도해보니 과연 매혹적인 주황색 양귀비꽃이 도로변과 너른 밭에 가득 피어 있었다. 양귀비뿐이 아니었다. 청순한 자주색 꽃이 무더기로 피어 있는, 국내에서는 좀처럼 보기 어려운, 수레국화밭도 감탄스러웠다. 그 옆 보리밭에서는 다 익은 누런 보리가 5월 훈풍에 물결치듯이 흔들리고 있었다.

우선 하루 동안 그림을 그릴 수 있게 된 것이 기뻤다. 설령 그림을 그리지 않더라도, 좋은 날씨와 멋진 풍경 속에서 하루를 보낼 수 있다면 행운이리라. 권선구청이 조성한 꽃밭과 보리밭이 시민에게 큰 기쁨을 주고 있는 것이다. 수시로 다녀가는 여러 유치원 아이들은 교사가 지시하는 대로 발랄한 표정과 동작으로 사진을 찍고, 시민은 삼삼오오 밭 사이를 걸으면서 즐거워했다. 나도 가벼운 마음으로 밭 한구석에 세워진 원두막을 그늘 삼아 양귀비와 수레국화, 보리밭을 그렸다.

낚시도 그렇지만 그림 그리기도 어떤 생각을 골똘히 하기 위한 것이 아니라, 오히려 아무 생각도 하지 않기 위한 것 같다. 마음을 비운 무념의 상태로 하루를 지내다 보면 얽히고설킨 생각의 실타래가 무의식중에 정리되어 가벼워지는 듯하다. 두뇌에는 치열하게 느끼고 생

양귀비와 수레국화밭 oil on canvas, 53 × 45.5cm, 2011

각하는 시간도 중요하지만, 잡념을 떠난 순도 높은 휴식도 필요하다.

요즘 5월에 호남의 평야 지대를 달리면 초록에서 누런색으로 익어가는 보리밭이 가득히 펼쳐진다. 파란 하늘 아래 푸근한 친근감과 싱그러움이 넘실대고 있다. 그런데 보리의 키가 내가 자랄 때 보았던 것과는 꽤 차이가 난다. 품종개량을 하여 보리의 키를 낮췄다고 한다. 또 얼핏 보리밭 같지만 실은 밀밭도 많다. 정부에서 밀 재배를 권장하기 때문에 농가에서 많이 바꾸었다고 한다. 보리밭도 보기 좋고 밀밭도 낭만적이다. 어린 시절 시골 벌판을 가득 채웠던 푸른 보리밭과 보리가 누렇게 익어가던 풍경을 떠올리면, 마음이 어린애 같은 설렘과 그리움으로 부풀어 오른다.

양귀비(楊貴妃)라는 이름은 낯익다. 이웃나라 당 현종의 설명하기 복잡한 애정사와 함께 치명적 아름다움으로 다가오는 여인의 이름이다. 또한 결국은 비참한 종말을 맞고야 마는 불우한 운명의 여인이다. 그 이름이 내게 더 낯익은 것은 어렸을 때 〈양귀비〉라는 한국 영화가 있었기 때문이다. 영화를 보지는 못했지만 포스터는 요란할 정도로 호화로웠다.

양귀비는 꽃봉오리 때는 계속 머리를 숙이고 자라다가, 꽃이 필 때는 머리를 반듯하고 꼿꼿이 치켜든다. 애처롭도록 가냘프고 하늘 거리는 매혹적인 주황색 꽃잎을 지닌 양귀비가 자기 미모에는 대단한 자부심이 있는 것 같다. 자라면서 많이 들었던 "벼는 익을수록 고개를 숙인다"라는 겸양의 교훈과 대조되는 점도 재미있다.

양귀비는 유럽 여행 때 철길 옆 들판에서도 자주 눈에 띄었다. 모네의 그림 〈아르장퇴유 부근의 양귀비 들판〉, 〈지베르니의 양귀비밭〉 등에서도 아름다운 자태를 가득 보여주던 양귀비다. 모네는 양귀비뿐 아니라 〈지베르니 정원의 수레국화〉라는 풍경화도 남겼다.

이름은 귀에 익었지만, 정작 국내에서 양귀비꽃을 본 것은 10년 안팎의 일인 것 같다. 그런데 놀랍게도 양귀비꽃은 신사임당의 유명한 초충도(草蟲圖) 병풍에서도 모습을 드러낸다. 양귀비꽃을 징검다리 삼아 세 명의 여성을 돌아보고 싶다. 미모의 귀비 양귀비와 탁월한 재능을 보여준 16세기의 여성 화가 신사임당, 현대에 빛나는 미술적 업적을 남긴 고 천경자 선생을 떠올려본다.

신사임당은 초충도에서 양귀비와 패랭이꽃, 달개비, 맨드라미, 산국화, 어숭이, 도라지, 수박, 가지 등 다양한 식물에 애정을 보내고 있다. 남성이 즐겨 그리던 사군자 소재를 오히려 피한 듯, 이 식물들에 대한 묘사는 치열하고 섬세하다. 식물 옆의 곤충이나 동물로는 도마뱀, 들쥐, 갑충, 나비, 나방, 벌, 잠자리, 쇠똥벌레, 개구리, 메뚜기 등이 등장하고 있다. 지금의 세밀화에 가까운 여러 풀벌레의 모습을 간결한 선묘로 그려내고 있다.

사임당의 눈썰미와 묘사력, 구성력, 상상력은 동식물을 독창적으로 그린 점에서 두드러진다. 그림의 소재로 상상하기 쉽지 않은 작은 생명들인 맨드라미와 수박, 쇠똥벌레와 개구리 등이 사임당의 그림에서 청초하고 따뜻하게 길이 생명을 이어가고 있는 것이다.

조선 화가들의 대표적인 교재와 전범은 중국의 『개자원화보(芥子園畵譜)』였다. 유명한 정선과 심사정, 강희언, 강세황, 허유 등이 모두 이 책을 통해 공부하고 화가의 길로 들어섰다. 그러나 사임당은 『개자원화보』가 간행되기 2세기 전의 화가다. 미술사적으로 볼 때도 놀라운 일이다.

신사임당 뒤를 잇는 여성 화가는 5세기 뒤에 활약한 천경자 선생이라고 생각한다. 두 사람 모두 글에서도 빛나는 자취를 남기고 있다. 사임당은 시대적 여건 때문인지 비교적 제한된 장르의 그림을 남겼다. 천 선생은 다양한 그림에서 기량과 상상력을 펼쳤다. 천 선생도 그림의 소재로 팬지, 장미, 등꽃 등 식물들과, 나비와 뱀, 개구리 등 동물을 많이 등장시키고 있다.

천 선생의 업적과 평가는 다른 이에게 맡기고, 나와 관련된 얘기를 하고 싶다. 우선 나는 천 선생의 주장대로 〈미인도〉가 가짜 그림이 틀림없다고 확신한다. 너무나 많은 증거가 제시되고 있다. 누구든지 자기 안목으로 가짜라는 것을 확인하려면, 인터넷에 들어가 천경자 그림을 찾아보시라. 거기에는 수많은 여성 그림이 현대적인 감각의 제목 밑에 매력을 뽐내고 있을 것이다.

그중 문제의 〈미인도〉만이 구시대적인 제목 아래, 미술평론가 김삼랑이 지적했듯이 어색하고 촌스러운 모습을 하고 있다. 머리 모양은 밋밋한 검은 삼태기를 뒤집어쓴 것 같고, 머리의 꽃은 장식이라기보다 그냥 얹어놓은 것 같아 바람이라도 조금 불면 날아가 버릴 듯이 허술하다. 천 선생이 절망과 환멸 속에 한국을 떠나고 한참

양귀비밭과 소나무 oil on canvas, 53 × 45.5cm, 2011

뒤 미국에서 편지가 왔다. 속에 이런 카드도 들어 있었다.

안녕하십니까. 진작 감사하다는 편지를 드리고 싶었지만 10여 년 동안 편지 쓴 일이 드물어 펜이 잘 잡혀지지 않았습니다. 저를 믿고 변치 않는 同情(동정)의 붓을 들어 주신 恩惠(은혜)를 잊지 못하겠습니다.

그간 깊은 늪에 빠져 있는 저의 不幸(불행)한 사건이 가끔 제 食道(식도) 부분에 둔통을 줄 때가 있습니다. 그러나 제 건강에 異常(이상)이 없는 限(한) 저는 以前(이전) 잡힐 듯하면서 안 잡혔던 作品(작품)에의 念願(염원), 보다 次元(차원)이 다른 作品世界(작품세계)에 들어갈지도 모른다는 새로운 希望(희망)을 가져 봅니다.

또한 이 나이에 진짜 異常(이상)한 人間社會(인간사회)의 공부를 많이 했다고 느끼고 있습니다. 지금은 워싱턴 둘째 딸 집에서 쉬고 있습니다. 우거진 숲 사이로 따발총 같은 雷聲(뇌성)과 함께 번개가 스쳐간 저녁때입니다.

1991. 6.

朴來富(박래부) 記者(기자)님께

千鏡子(천경자) 올림

신문사에서 가끔 편지를 받았지만 이렇게 절실하게 가슴에 와닿는 서신은 거의 없었다. 참고로 말하자면, 이 카드의 한글 부분은 편의상 내가 써넣은 것이다. 화가의 진실과 그 진실을 알아주는 이에 대한 고마움, 거짓으로 뒤엉킨 사회에 대한 슬픔과 분노, 새로운 작품 활동을 시작함으로써 이것들을 이겨낼 수 있으리라는 희망 등이, 나이 적은 사람에게 썼지만 격식을 갖춘 간결한 문장에 담겨 있었다. 천 선생에 대한 슬픈 생각과 일종의 안도감, 감동이 따스하게 전해져 왔었다.

그 뒤 천 선생을 뵙거나 연락을 받은 적은 없다. 〈미인도〉 사건을 담당했던 나는 몇 번 더 이와 관련된 기사를 썼다. 그중 하나는 자신이 〈미인도〉를 위작했다고 자백한 전문 위조꾼이 나중에 다른 사건으로 체포됐을 때, 그에게 다시 〈미인도〉를 그리게 하여 진위를 가리자고 주장한 글이었다. 다른 글은 국립현대미술관이 작은 예산을 들여 천 선생의 다른 작품을 구입하고, 〈미인도〉는 태워 없애는 방식으로 양쪽이 명예롭게 불미스러운 사건을 마무리하자는 내용이었다. 그러나 명예나 진실은 그다지 중요하지 않은지, 어느 제안도 받아들여지지 않았다.

천 선생은 1998년 소장하고 있던 자신의 작품 93점을 서울시립미술관에 기증했다. 지금은 타계하셨지만 가끔 이 미술관에 가면 반드시 천경자 특별전시실에 들른다. 그리고 비감에 젖어 그분의 업적과 삶의 자취를 헤아려본다.

여성만 꽃 그림을 많이 그린 것은 아니다. 무채색 그림인 수묵화나 담채화에서 색채가 두드러지게 강조되지 않아 그렇지, 남성의 그림에서도 꽃은 넘쳐난다. 문인화에 속하는 사군자 중에서, 대나무를 제외한 매화, 난초, 국화 등 세 개 소재가 꽃이다. 사군자 말고도 부귀영화를 상징하는 화려한 모란도 사랑받는 소재였다.

우리가 꽃길과 가로수 등을 가꾸기 시작한 지도 꽤 오래되었다. 거리가 한결 아름다워지고 있지만 아직은 멀어 보인다. 사회에서 아름다움을 추구하는 일이 일상화했다고 말하기 어렵다. 그러나 젊은이들 사이에서는 꽃을 주고받는 일이 많아져 아주 반갑다. 나도 꽃을 그다지 자주 사지는 않지만, 결혼기념일이나 식구 생일 등에는 반드시 집에 꽃을 사 들고 간다.

유럽에서는 집 창문과 식탁, 창문가에 꽃들이 많이 놓여 있다. 러시아에 갔을 때도 큰길가에 꽃 파는 여인들이 많은 것을 보고 놀랐다. 내심 러시아인의 삶을 다소 과소평가했던 자신이 부끄러웠다. 블라디보스토크 지역이었는데 꽃 파는 이들은 우리나라 지방의 큰 길가에서 참외나 수박, 복숭아 등을 파는 여인들만큼이나 많았다. 이르쿠츠크 시장 꽃가게에도 꽃들은 종류가 아주 다채롭고 탐스럽고 싱그러웠다. 꽃 파는 아가씨와 아줌마들도 밝고 풋풋해 보였다.

꽃과 아름다움을 사랑하는 러시아인의 생활은 긴 문화적 전통에 닿아 있다고 여겨진다. 그 문화의 이면에는 톨스토이와 도스토옙스키(Fyodor Dostoevskii) 등으로 이어지는 문학적 광맥과 세계적 명성의 볼쇼이발레단, 역사적 사건으로 러시아혁명 등이 연결돼 있을 것이다.

대중식당에 갔을 때 러시아인의 민요 실력을 보고 또 한 번 놀랐다. "친구 생일 축하를 위해 왔다"는 40대로 보이는 열댓 명의 부부가 자신들의 민요를 끝도 없이 불렀다. 때로는 밝고 명랑하고, 때로는 유장하고 우렁찬 노래들이 좋은 화음으로 넓은 식당 겸 주점을 가득 메우고 있었다. 불평하는 손님은 아무도 없었다. 그것은 흔한 일인 것이다. 남의 나라가 향유하고 있는 문화에 대해 공감하고 선망하는 일을 부질없다고는 말할 수는 없다. 선하고 보편적인 아름다움은 어느 민족에게도, 그리고 언제나 공감을 얻을 것이다.

독일 마을에서 며칠 밤

충남 당진에 작은 독일 마을이 있다. 유럽 가옥을 연상시키는 집 10여 채가 옹기종기 새로운 형태의 마을을 이루고 있다. 지금은 널리 알려진 경남 남해의 독일 마을을 모델 삼아 조성된 마을이다. 그곳에 친구 집이 있어 가끔 간다. 1960년대 말 독일에 간호사로 갔던 친구 누나가 독일인과 결혼했다. 친구가 누나와 함께 그 마을에 독일식 집을 지은 것이다.

베를린에 사는 그 누나 부부는 매년 한 달가량 당진에 와 머물다가 간다. 친구 매부는 한국의 재래시장 구경을 좋아한다. 또 여행할 때도 고속도로는 거의 이용하지 않고 지방도로를 달린다. 이 부부에게 근검절약이 몸에 배 있기도 하지만, "고속도로를 타지 않고 지방도로를 달리면서 바라보는 한국의 마을과 산하 풍경이 참으로 정겹고 아름답다"라는 것이 매부의 설명이다. 전적으로 공감 가는 말이다. 나는 차로 구불구불 뻗어 있는 지방도로를 천천히 달리며 인간의 마을을 보고 싶다. 고속도로에서는 빠른 속도를 얻는 대신 많은 인간적인 것들을 잃어버리게 된다. 속도가 빨라질수록 인간의 사유나 몽상, 다른 공간으로 진입하는 설렘이나 낭만 등을 증발시킨다.

독일 마을 친구네 집 oil on canvas, 61 × 50cm, 2017

누나 부부가 독일에 있는 동안에는 은퇴한 친구가 혼자 그 집을 관리하기 때문에 나도 화구를 메고 종종 찾아간다. 그 마을은 남해 독일 마을만큼 널리 알려지진 않았지만, 호기심에 외지인들도 간혹 구경을 온다. 그 집에서 묵으면서 그림을 그리러 당진 서산 일대의 항구나 바닷가를 많이 서성댔다. 삼일포나 장진항, 웅도 등에는 부산하면서도 활기차고 한편으로는 소박한 풍경들이 있다.

예전에는 강화도 외포리 선착장이나 영종도 을왕리 해수욕장 풍경들을 그렸으나 모두 실패해 그림을 폐기하고 말았다. 제법 거리가 먼 그 바닷가를 힘들게 찾아가 그리기 시작했으나 늘 일몰 시간에 쫓겨 미완인 상태로 돌아와야 했다. 사진이라도 여러 장 찍어왔으면 도움이 되었을 텐데 그러지도 못했다. 이미 작업한 것이 아까워 그림에 집착한다 해도, 현장을 떠난 풍경화에서는 활기와 현실감이 떨어지기 마련이다.

야외 작업을 하다 보면 봄가을같이 온화하고 기분 좋은 날만 있는 것은 아니다. 여름에는 햇볕이 가장 두렵다. 나무 밑 그늘로 들어가 작업을 할 수 있으면 다행이지만, 모자나 팔다리 토시 등으로 뙤약볕을 가리더라도 겁이 난다. 제대로 대비하지 못하면 30분 정도만 햇볕에 노출돼도 피부가 붉고 따갑게 타오른다.

항구에서 그릴 땐 친구가 다인승 차를 끌고 와 차로 내가 작업할 그늘을 만들어주었다. 독일 마을 안에서 그릴 때는 두 명의 친구가 굳이 도움을 주었다. 한 명은 정원용 파라솔을 들고 또 한 명은 의자를 들고 100m 정도 되는 거리를 따라와 햇볕을 가려주었다. 동네 사람들이 보면 우스웠겠지만, 옛날 원님이라도 되듯이 과분한 행차였다. 독일 마을을 대상으로 두 점을 그렸다. 그 마을의 집들은 견고하고 실용적인 전통적 독일 주택 형태는 아니지만, 유럽풍의 모양을 추구하면서 각자 개성을 살린 집들이다.

저녁때는 그 집 뜰 잔디밭에 나가 한두 시간 의자에 우두커니 앉았다가 들어와 자곤 했다. 내가 또 언제 별장 같은 집에서 지내는 호사를 누리랴 하는 생각 때문이다. 달빛이 밝으면 더 좋은데, 그렇지 않더라도 간간이 들려오는 새소리를 들으며 낮에는 가닿을 수 없는, 밤의 깊고 적막한 곳을 배회하는 것이다.

친구는 그 집에 독일 국기를 게양해놓았다. 그 국기를 보면서

여러 생각을 하게 된다. 독일은 참혹한 제1·2차 세계대전을 일으
킨 전범 국가였다. 그런데도 우리와 같은 분단국가였다가 1990년
에 통일되었다. 벌써 30년 가까이 되는 세계적 사건이었다. 특히 우
리에게는 한없이 부러운 통일이었다. 우리는 지금도 남북통일에 회
의적인 사람들이 적지 않다. 그들에게 독일 통일의 예를 힘주어 얘
기하고 싶다.

마르틴 발저(Martin Walser)는 독일의 대표적 작가다. 그는 "독일에
관해 말한다"라는 연설로도 유명하다. 통일 2년 전 '독일은 왜 통일
돼야 하는가'를 역설한 예언적이고 선구적인 웅변이다.

두 개의 독일은 파국의 산물이다. 증명될 수는 없어도 불가피하
게 있을 수밖에 없는 감정, 그것은 역사 감정이다. 우리는 그것이 존
재한다고 확인하는 일 외에 어떤 것도 할 수 없다. 대부분의 좌우익
지도자들은 분단을 합리화하는 일에 공조하고 있다. 일반인의 의견
은 묻지도 않는다. 희망이 없다고 생각하지 않는 것은 나 자신도 놀
라운 일이다. 나의 역사 감정에서 연유할 것이다.

당진 독일 마을 oil on canvas, 53 × 45.5cm, 2014

유명 여성 작가 크리스타 볼프(Christa Wolf)도 광장에서 열변을 토했다.

> 시민이여, TV를 끄고 우리와 함께 달리자. 우리의 언어는 이제 관료주의적 독일어, 신문 사설의 독일어에서 벗어났다. '우리는 주권을 가진 국민이다'라는 외침이 가장 중요하다.

독일의 기득권 정치인이나 언론이 보여온 반역사적 언어에 대한 두 작가의 불신과 질타가 통렬하게 와닿는다. 우리 언론처럼 독일 언론도 그 모양이던 때가 있었구나. 통일을 위해 남북 간에도 '역사 감정'을 살리기 위한 지속적이고 파격적이고 다양한 논의가 활발해져야 한다. 닭이 꼬꼬댁거리는 것은 알을 낳는 신호일 수 있기 때문이다. 통일을 위한 꼬꼬댁 역할의 선두에는 독일처럼 작가나 지식인이 나서는 것이 적합하다. 작가나 지식인은 사회로부터 그런 역할을 부여받았기 때문이다.

우리 작가들은 자주 왜곡된 반역사를 바로 펴기 위한 투쟁의 선두에 섰다. 그들은 유신체제하인 1974년 자유실천문인협의회를 결성하고 구속된 지식인과 종교인, 학생들의 즉각 석방과 언론·출판·집회·신앙·사상의 자유 보장 등을 내세우며 반독재·민주화 운동을 벌였다. 이 단체는 1980년대에도 활발한 민주화 운동을 펼치다가 뒤에 민족문학작가회의(현재의 한국작가회의)로 확대·개편되었다.

장 폴 사르트르(Jean Paul Sartre)는 저서 『지식인을 위한 변명』에서 대체될 수 없는 지식인의 역할을 주장한다. 그는 "지식인이란 모든 사람을 위해 자기모순을 사는 사람이며, 모든 사람을 위해 그 모순을 극복하려는 사람'이라고 말한다. 지식인은 아무도 그에게 어떤 일을 위임한 적이 없으므로 고독한 존재이며, 죄 많은 존재라는 것이다. 그는 "지식인의 가장 직접적 적(敵)은 사이비 지식인"이라는 말로 기회주의적 지식인의 등장도 경계하고 있다.

독일은 면적이 한반도의 1.6배, 인구는 약 8000만 명이다. 독일 인구는 남북한 인구를 합친 것보다 약 500만 명이 더 많다. 독일이 국제사회에서 차지하는 위상을 감안할 때, 이 수치는 의외로 우리와 큰 차이가 나지는 않는다. 경제로 보면 독일은 세계 4위, 한국은 11위다.

국가는 원대한 목표를 세우고 그것을 향해 나아가는 큰 설계를 그려야 한다. 인구문제도 그중 하나다. 한국은 지금 인구 감소를 많이 우려하고 있고, 여러 가지 대책을 세우고 있다. 그러나 인구문제 또한 다른 각도에서도 보았으면 한다. 일본 저술가 사카이야 다이치(堺屋太一)는 인구 감소가 부정적 신호가 아니라 긍정적 예고일 수 있다고 주장한다. 그 견해를 간략히 소개한다.

유럽은 15세기에 이르러 큰 변화를 맞았다. 페스트와 대기근으로 인구가 급격히 줄고, 동방 문물이 활발히 유입되면서 유럽인의 관심이 종교적 신앙에서 세속적 물질로 크게 옮겨간 것이다. 이런 요인이 화려한 르네상스를 탄생시켰고, 마침내 동서양의 문명적 우열을 뒤바꿔놓았다.

그 전까지 유럽인은 산업에는 흥미가 적고 성유물(聖遺物) 수집 등 종교생활에 열중했다. 이탈리아 인구는 1340년의 940여 만 명에서 1500년에는 550만 명으로 40% 이상 줄었다. 사람들은 점차 척박한 토지를 버리고 경제성 있는 지역으로 옮겨갔다.

곡물 가격에 비해 임금수준도 높아져 엥겔계수도 낮아졌고, 서

민도 미술품을 살 여유가 생겼다. 이런 요인들이 수공업과 경제를 발전시켰다. 레오나르도 다빈치(Leonardo da Vinci), 미켈란젤로 부오나로티(Michelangelo Buonarroti) 등 화가가 명성을 떨치게 되었다. 미술 중흥에 따라 사물을 탐구하는 과학 정신도 높아졌다.

인구 조밀국인 한국은 지금 청년 실업이 한계점에 달해 많은 청년이 결혼을 기피하고 있다. 결혼하더라도 자녀 낳기를 주저해 출산율이 세계 최하위를 기록하고 있다. 경제적 양극화도 극심하다. 노인은 60대가 돼도 대부분 건강하고 일을 찾고자 한다. 고령자 문제로 사회가 활기를 잃어가고 있다.

그러나 부정적으로 우려만 할 것이 아니라, 긍정적으로 다르게 접근할 필요가 있다. 청년 일자리 창출과 고령자의 정년 연장, 소득 양극화 해결을 위한 증세 등 파격적인 개혁을 시도해야 한다. 지금 이야말로 국토와 인구, 산업 규모 등을 정밀하게 분석해 다른 차원의 이상적 목표치를 정하고 새로운 인구·노동 정책을 펼 때가 아닌가?

풍경화 소재를 찾아다니면서 드는 생각도 그러하다. 많은 인구

때문에 논밭을 없애고 그 위에 고층 아파트를 세우는 반(反)자연의
문화를 벗어나야 한다. 그 고층 아파트 대신 대지나 숲과 어울리는
높이에서 삶을 영위하는 미래를 가져야 한다. "영국 남자들이 정원
일을 많이 하는 것은, 집 안에서 마누라 잔소리가 듣기 싫어서다"라
는 우스갯소리가 있다. 독일과 영국뿐 아니라 유럽 나라들은 대개
정원 가꾸기에 많은 정성을 들인다.

　당진 독일 마을에도 집마다 정원이 있다. 정성 들인 친구 집 정
원에서는 잔디밭을 중심으로 사과나무와 배나무, 감나무, 대추나
무, 포도나무 등 유실수가 가장자리에서 자라고 있다. 또한 배롱나
무와 장미, 수선화, 국화, 튤립 등이 번갈아가면서 꽃을 피우고, 한
쪽 구석에는 채소밭이 일궈져 늘 밥상을 풍성하게 한다.

　그러나 그 마을만 벗어나면 사정은 다르다. 시골이든 도시든 우리
보통 사람들 집에는 정원이랄 만한 게 별로 없다. 시골집에 땅과 돈의
여유가 있어도 애정을 갖고 화초를 키우는 집은 드물다. 또 우려되는
것은 예전의 가옥에 흔하던 작은 뜰마저 없어져 간다는 점이다. 도시
의 한옥이나 개량 주택에서 나무나 화초를 키우던 소중한 작은 뜰마저
다세대주택이나 원룸주택으로 재개발되면서 존재하지 않게 되었다.

신진도 포구 oil on canvas, 60.5 × 50cm, 2014

학교에서도 자연과 환경문제는 중요하다. 요즘은 학교 캠퍼스까지 건물 짓기에 바쁘다. 대학에는 그것이 업적인 양 초목이 보기 좋던 땅에 새 건물이 경쟁적으로 올라간다. 젊은이들이 자연에서 생명력과 영감을 받아가며 호흡해야 할 공간이 사라지고 있다. 눈은 편안하게 머물 곳을 찾지 못하고 가슴은 답답해진다.

고2 때 기차 안에서 들은 얘기가 생각난다. 당시에는 대학 입학 예비고사라는 제도가 있어서 고3 학생들은 다른 학교에 가서, 모르는 선생님의 감독 아래, 대입 자격시험을 보아야 했다. H 고등학교 3학년 학생이 친구에게 좀 큰 목소리로 말하고 있었다. "어제 서울고에 가서 예비고사를 봤는데, 그 학교 정말 좋더라. 넓고 나무들도 많아서 공부가 저절로 되겠더라."

옆쪽에서 '공부가 저절로 되겠더라'는 말을 들을 때는 웃음이 나왔다. 그러나 일제하의 왜곡된 역사가 만들어준 인연으로 그 학교에 다니면서 빼어난 환경에 늘 고마워했다. 수영장 옆에 있는 도서관에서 교문에 이르는 고목이 줄지어 선 100m 정도의 길은 '사색의 길'로 불리기도 했다. 그 H 고등학교 학생의 생각처럼 교육은, 훌륭한 인성 교육은, 자연과 가까이 지내는 데서 출발하고 성숙할 것이다.

100년 된 나무 한 그루가 10년 자란 나무 10그루보다 더 보기 좋고 더 큰 정서적 위안을 준다. 새 건물이 많을수록, 역사가 없는 도시가 되어간다. 물론 지금에 와서 고유한 한국적 마을과 주택, 담, 길 등이 주는 아름다움에만 맹목적으로 집착할 수는 없다. 그런데도 아산 외암리와 제주 성읍민속마을, 안동 하회마을, 경주 양동마을, 순천 낙안읍성, 용인 민속촌 등을 가보면 우리가 무엇을 소홀히 하고 있는지를 깨닫게 된다. 어떤 소중한 옛것을 잃어버리고 있는가 하는 것을 깊이 새기게 된다.

선조들은 산세와 하천의 흐름 등을 살피어 마을과 집의 터를 잡았다. 자연을 존중하고, 그것에 순응하고, 조화를 이루었다. 지금 우리는 인간과 기계의 힘만 믿고 자연을 함부로 구부러뜨린다. 하천의 자연스러운 흐름을 변형시키고 지형을 무시하며, 같은 방향인데도 도로를 서너 개씩 건설한다. 돈과 관련된 건설은 짧은 기간 안에 끝나지만, 자연은 한번 파괴되면 결코 본디 모습으로 돌아오지 못한다.

문화적 원형까지 잃어서는 안 된다. 민속마을에 가면 마음이 차분해지고 평화로운 것도 원형이 살아 있기 때문이다. 민속마을도

문명에 맞게 수도와 전기 시설을 설치하려면 조끔씩 고쳐지고 바뀌어가는 것은 피할 수 없다. 그러나 일본인 미학자 야나기 무네요시 (柳宗悅)와 고유섭, 최순우 등이 경탄하고 이론화를 추구했던 한국적 미학과 아름다움의 종자는 길이 후대에 물려주어야 한다.

공세리성당과 길상사

신문사 논설위원으로 발령을 받았을 때다. 다음 날부터 논설위원실로 출근하게 되어 미리 인사를 갔다. 선배 논설위원 몇 명이 차를 마시고 있었다. 한 선배가 자상한 듯이, 혹은 내가 이른 연조에 논설위원이 된 것을 위로라도 하려는 듯이, 내게 "종교가 있느냐?"라고 물었다.

"없는데요."

"논설위원실에서는 종교가 필요 없네. 여기가 천국이니까."

모두 웃었다. 그때나 이제나 나는 종교가 없다. 그러나 그것이 결코 자랑스럽지 않다. 때로 종교에 기대고 싶은 내적 갈증이 있고, 거룩한 성인들에 대한 외경심까지 없는 것도 아니다. 또한 훌륭한 조각가가 영감에 가득 차서 제작했을 성스러운 조각들과 좋은 종교적 건축물이 있는 곳에 가면, 내가 정화되는 듯한 소중한 느낌을 받곤 한다.

4월이 되면 사람들은 순례를 하고픈 열망을 느끼고, 신심이 깊은 여행자들은 낯선 나라와 성지를 찾는다.

공세리성당 oil on canvas, 53 × 45.5cm, 2016

제프리 초서(Geoffrey Chaucer)의 소설 『캔터베리 이야기』는 이렇게 시작된다. 나도 4월이 되면 먼 곳으로 순례를 떠나고 싶은 열망을 느낀다. 순례하기에 4월처럼 좋은 때도 없을 것이다. 어느 4월 중순 충남 아산의 공세리성당에 갔다. 공세리성당은 전에도 여러 번 갔는데, 그 전년 가을에 그림을 그리기 위해 본당 건물 옆에 벚나무 몇 그루가 있는 것을 눈여겨보았기 때문이다. 과연 벚꽃이 만개해 일대에 환한 빛의 무더기를 나눠주고 있었다.

본당과 벚꽃의 조화가 감탄스러웠다. 황갈색과 회색으로 꾸며진 묵중한 고딕식 본당 건물과, 분홍색으로 화사한 벚꽃의 조화가 아름다움의 극치를 이루고 있었다. 벚나무는 잎이 나기 전에 꽃을 만개시킨다. 가슴속까지 모두 펼쳐 보여주듯이 온 힘을 다해 수많은 꽃을 피운다. 나무가 하늘을 향해 꽃으로 먼저 경배한 후, 성장의 1년을 맞는 것만 같다.

처음 본당 곁에 벚나무를 심은 신부나 수녀는 벚꽃의 꽃말이 '정신의 아름다움'임을 알고 있었을까? 혹은 조화를 이룰 것 같아 심었더니 신의 뜻에 닿은 것일까? 야트막한 언덕에 있는 이 성당은 입구부터 벚나무의 긴 행렬이다. 벚나무는 우람한 느티나무 고목 등

350년 이상 된 보호수들과 어울려 성당을 더욱 성당답게 해주고 있다. 많은 순교자가 모셔진 이 성당은 '전국에서 가장 아름다운 성당'이기도 하다.

일요일인 그날 나를 차로 태워다준 친구들에겐 "다섯 시간이 지난 후에 오라"고 부탁하고, 미리 보아둔 곳에서 그리기 시작했다. 약간 측면에서 본당 건물을 바라보며 벚꽃을 함께 중심으로 삼아, 길과 나무를 사실적으로 배치했다. 벚나무 주변이 온통 꽃의 생명력으로 가득하다. 그 환희의 느낌을 전하되, 너무 가볍지는 않도록 채색을 했다.

그날 성당에는 사람이 많았다. 언덕 아래편의 넓은 주차장이 꽉 찼다. 한구석에서 그리고 있었는데 여러 사람이 작업하는 것을 보고 갔다. 동네 꼬마들부터 젊은 남녀, 유모차를 끌고 온 젊은 부부, 나이 든 부부 등이 구경을 하고 갔다. 뒤에서 내 캔버스 작업을 보며 "종이가 아닌 것 같다"고 하는 말도 들렸다. 유화 그리는 것을 처음 보는 이들도 많을 것이다. 나는 돌아보지는 않지만, "천으로 된 캔버스이고, 기름을 사용하는 유화"라고 친절하게 설명한다.

전동성당 oil on canvas, 60.5 × 50cm, 2015

"성지 순례"라고 쓰인 버스도 몇 대나 도착했다. 멀리서 온 모양이다. 그중 80세 정도 돼 보이는 할머니가 잠시 보더니 "본명이 뭐예요?" 한다. 성당에서 그림을 그리니까 신자로 짐작하고 세례명을 묻는 것이다.

"아, 저는 신자가 아닙니다."

"그래요? 그래도 이런 게 인연이니까 신앙을 갖게 되겠지요."

호의 섞인 말씀에 문득 군대 생각이 났다. 다쳐서 전남 광주국군통합병원에 오래 입원해 있을 즈음이다. 근처 까리따스 수도회의 수녀 두 명이 몇 명의 환자 장병을 상대로 교리 강좌를 했다. 시간이 꽤 지나서 같이 배우던 사람들 대부분이 8월 15일 성모승천일에 세례를 받았으나 나만 제외되었다. 수녀 한 명이 내가 서운해할까 봐 말했다.

"박래부 환자는 아직 세례받을 준비가 안 돼 있는 것 같아서요."

"그렇습니다. 다음에 신앙을 갖게 되면 두 분 수녀님의 가르침 덕분으로 생각하겠습니다."

당시도 그랬지만 내 알량한 지식이나 이성에 싸여 종교나 사물에 대한 회의에서 벗어나지 못하는 자신이 흡족스러운 것은 결코 아니다. 나는 프란치스코 교황의 언행에서 많은 위로를 받는다. 지금은 지식인이나 철학자, 종교인의 존재와 역할이 퇴색할 대로 퇴색한 시대다. 그분만큼 순수하고 평이한 언어로 진실과 구원, 세상의 본질 등에 대해 이야기하고 참상을 어루만지는 사람도 없다. 자신을 투명하게 낮추는 교황의 언행에서는 「그레고리오성가」 같은 순수성이 느껴진다. 그와 동시대를 살고 있다는 것이 위안이며 기쁨이다.

전에는 물질 만능 풍조를 개탄하며 시대적 통찰력으로 빛나던 글들이 많았다. 지금은 그런 글이 별로 눈에 띄지 않는다. 문명에 대해 경종을 울리며 비판적이던 많은 철학자와 사상가, 지식인은 세상의 지평에서 사라졌다. 지금은 각 분야의 '전문가'들만 미디어에 등장해 새된 소리를 내고 있다. 전체에 대한 통찰력이 부족한 각 분야의 전문가들이 지식인 행세를 하고 있다.

우리가 이미 물질 만능 시대의 한복판을 통과하고 있기 때문일까. 철학자와 사상가, 지식인도 자신에게 주어진 나름의 풍요를 누리며 '전문가'화하고 있다. 국내외 정치인들 또한 경제적 이해에 매

장내동성당 고무판화, 38.5 × 26.5cm, 2003

몰되어 평화와 위대한 이상을 제시하기는커녕, 잡배처럼 천박하고 험악해지고 있다. 세상의 바탕에서부터 철학과 사상의 빛이 사라져가고 있다.

같은 기독교이지만, 천주교 성당은 대체로 개신교 교회보다 그리고 싶은 마음이 들게 한다. 길가에 엄청난 위용을 뽐내며 대형 건물로 지어진 개신교 교회는 아예 그리고 싶은 충동을 앗아가 버린다. 작더라도 천주교 성당에서는 대부분 영혼이 쉴 수 있는 정서와 안식이 느껴진다. 여백과 자연, 명상 등을 통해 신의 존재나 목소리, 신성함 등에 가닿을 것 같은 공간이기 때문 같다. 서울의 명동성당이나 약현성당도 유서 깊고 건축미가 아름답지만, 공세리성당은 그보다 더 그리고 싶은 성당이다.

나는 한국에 절이 많은 것에 감사한다. 절을 통해 자비 정신과 엄격한 정신주의, 금욕주의 같은 불교 전통이 면면히 이어지게 한 조상의 은혜를 깊이 느끼고 있다. 절은 경쟁에 지친 현대인에게 한 갈래 정신적 의탁처이자 삶의 휴식 공간이 되고 있다. 특히 명산 곳곳에 그윽한 산사가 자리 잡고 있음을 고맙게 여긴다.

정신적인 면 외에도 절이 있기 때문에 등산할 때 경유지나 목적지가 정해지며, 주변의 숲이 울창하게 보존되고 있다. 산사는 사부대중뿐 아니라 우리 가족과 이웃, 친구, 연인들이 아무 종교적 거리낌 없이 찾아갈 수 있는 장소이기도 하다. 종교 건축물 중 산사만큼 모든 이에게 열려 있는 공간도 없다. 우리 산에는 널리 알려진 사찰이나 25개 조계종 본사 외에도 보경사, 불영사, 무량사, 내소사 등 1000여 개의 절이 보석처럼 박혀 있다.

몇 해 전 일이 있어 북한 묘향산의 명찰 보현사에 간 적이 있다. 보현사는 남한의 여느 절과 다름없이 온전하고 꾸밈없는 모습으로 보존되고 있었다. 규모 있는 대웅전과 그 앞의 13층 석탑을 보고 깊은 안도감과 기쁨을 느꼈다. 북한에서 국보 142호로 지정된 13층탑은 정교하고 섬세한 균형미로 북한 최고의 보물이라고 말할 수 있다. 남한 승려와 다르지 않은 복장의 주지스님도 겸손하고 친절해 새삼 반가웠다.

북한을 가보기 전에 가장 궁금했던 부분 중의 하나가 그곳의 종교적 상황이었다. 북한 헌법이 종교의 자유를 보장하고 있음에도, 공산주의 아래서는 종교의 설 자리가 지극히 비좁다는 것이 그때까지 내가 배운 바였다. 남한과 바로 비교할 수는 없을지라도 그런 편견이 상당 부분 수정되는 계기가 보현사 방문이었다.

묘향산 가는 길에 또 한 번 문화적 동질감을 맛본 일이 있다. 동행한 북한 공직자들이 저녁 시간에 묘향산 근처 식당에서 야외 삼겹살 파티를 열어주었다. 한쪽에서는 삼겹살 굽는 냄새가 시장기도는 위장을 자극하고, 한쪽에서는 서둘러 소주잔을 돌리기 시작했다. 한 사람 앞에 오랜만에 보는 짚방석이 하나씩 돌아가는데, 하필 내 차례쯤에 와서 방석이 모자랐다. 그때 신통하게도 옛 시조가 떠올라 읊조렸다.

짚방석 내지 마라 낙엽엔들 못 앉으랴
솔불 혀지 마라 어제 진 달 돋아 온다

남북한 친구들이 말을 멈추고 감탄하는 표정을 지었다. 북한 친구들의 얼굴에도 미소가 스쳐 가고 있었다. 남북한 친구 모두가 옛날 고문(古文)을 공부할 때 접한 적이 있는 시조였을 것이다. 그러나 애석하게도 나의 치명적인 한계가 있었다. 초장과 중장까지는 잘

읊었으나 "아희야 박주산채(薄酒山菜)일망정 없다 말고 내어라"라는 종장이 영 생각나지 않았던 것이다. 그러나 그 자리에서는 그 정도로 족해서 아무도 종장을 채근하지는 않았다. 소박함 속에 풍류를 즐기는 삶을 노래한 「짚방석 내지 마라」는 조선 시대의 명필이자 문신인 한호(한석봉, 1543~1605)의 평시조다.

다른 절도 마찬가지이지만 길상사에서는 특히 조용히 해야 한다. 목탁 소리도 염불 소리도 조용조용하고 백일기도 등의 현수막도 잘 눈에 띄지 않는다. 그 대신 신도와 일반인을 위한 '침묵의 집'이 있고, "참선 중 수행하는 곳입니다. 조용히 지나가세요"라는 안내판이 붙은 작고 소박한 승려들의 처소만으로도 성소다운 곳이다. 길상사 뜰에서 자라는 영춘화와 매발톱, 누린내풀꽃, 꽃무릇 등 우리 꽃들에도 소슬한 아름다움이 있다.

길상사 얘기는 세상에 많이 알려져서 지금은 오히려 진부해진 느낌이다. 신선하게 다가오던 얘기들, 그러니까 한 기생과 탁월한 서정시인 백석의 만남과 순애보, 그녀의 성공과 고급 요정, 법정 스님이 나선 창건 유래 등은 이제 새로울 것도 없다. 길상사에는 법정과 그를 따랐던 스님들의 수행 흔적과 전통이 정갈한 모습으로 남아 있다. 이 절은 역사도 짧고 서울 중심가에서 가까운 곳에 있으면서도, 한국 불교의 맥을 잇는 중요한 사찰이 되어가고 있다. 한국 불교는 우수한 전통을 이어가고 있다. 저술가 서병후가 책 『도올에게 던지는 사자후』를 통해 세계적 차원에서 소개한 내용을 요약해본다.

　　삼국시대에 전래된 우리 불교는 고려 때 절정을 이루었다. 억불숭유를 근간으로 했던 조선시대에도 훌륭한 구도의 명맥을 유지했다. 또한 우리 문화를 이질적 문화로 바꿔놓으려 했던 일제 강점기에도 치열한 종교적 자세를 잃지 않고 오늘날로 계승시켰다. 자랑스러운 전통을 고집스럽게 지켜가고 있는 것이다. 승려들이 하안거와 동안거 등의 수행을 통해 스스로 정체되거나 나태해지지 않고 더 높은 정신세계로 나아가려 했다.

　　외국인의 눈에 비친 우리 불교의 모습 역시 훌륭하다. 일제 강점기 시절 16년 동안 우리나라에 와서 선 수행을 했던 영국의 R. H. 블라이드는 "한국에서처럼 준열하게 타협 없는 삶과 수행이 유지되는 나라는 거의 없을 것"이라고 증언하고 있다. 그는 동서양의 방대한

고전을 대비해 영어로 번역한 후 서방에 소개한 세계적 선(禪)학자
다(크리스마스 험프리스의 저서 『불교 소개 및 가이드』).

　서양 불교학자 케네스 손더스도 높이 평가하고 있다. "절경의 명
산에 자리 잡은 산사, 스님들과 신도들의 경건한 신앙태도, 비록 중
국 선(禪)이지만 그 치열했던 구도정신이 남아 있는 곳이 한국이다.
양적 열세에도 불구하고 질적으로 단연 우수하다."

이런 점이 또한 푸른 눈의 승려들을 한국으로 불러 모으는 까닭
일 것이다. 나는 매년 부처님 오신 날 즈음해서는 일몰 이후에 한
번은 길상사에 간다. 봄밤의 따스한 고요 속에 다른 곳에서는 볼 수
없는 연등 행렬의 퍼포먼스가 장대하게 펼쳐지기 때문이다. 아무리
작은 절이라도 이 무렵에는 긴 연등으로 부처님 오신 날을 기쁘게
맞는다. 그러나 보통은 수평적 행렬에 그친다. 길상사의 연등은 수
직으로, 검은 하늘 위로까지 내걸려 감탄스럽다.

　길상사는 산사의 분위기가 진하다. 곳곳의 느티나무, 참나무 등
이 그윽한 정취를 느끼게 한다. 석탄일 때는 고목과 거목의 높은 가
지에까지 수많은 연등을 매다는 것이다. 어둠이 내리면서 땅에서

하늘까지 점차 선명해지는 초록, 파랑, 노랑, 빨강, 분홍 등 색색의 연등은 형용하기 어려운 아름다움으로 빛난다. 멀리서 보면 웅장 · 화려해서 장관을 이루고, 가까이서 보면 소박하고 정겹다.

밤이면 나뭇가지와 나뭇잎을 따라 어두운 하늘로 뻗어 올라가는 연등이, 우리 마음을 싣고 날아가는 풍선 같다. 연등에는 우리네의 많은 이야기가 담겨 있고, 또한 하늘로부터 내려오는 다정한 위로를 전하는 듯하다. 그런데 4월이면 여전히 경이롭게 빛나는 것이 길상사의 연등이지만, 올해는 등의 수가 줄어 못내 서운하다. 나의 이기적인 바람인지도 모르지만.

겨울은 풍경화가에게 고난의 계절이다. 자연이 긴 침묵에 들어감으로써 색채가 제한되어 빈곤해지고, 묵언의 분위기가 대지를 꽁꽁 얼어붙게 한다. 우선 추워서 작업 자체가 힘들다. 손이 곱아서 그릴 수가 없다. 인상주의 화가 모네였던가? 한겨울에 물을 끓여서 뜨거운 물에 손을 녹여가며 치열하게 그렸다고 한다.

겨울이 아니면 못 그리는 풍경화가 있다. 설경 그림이 그렇다. 폭설이 내린 흰색 도시를 오히려 밝고 정겹게 묘사한 모네의 그림,

겨울 경안천 oil on canvas, 52.5 × 45.5cm, 2013

눈이 내려서 엉거주춤 걸어가는 사람들이 웃음을 자아내는 유트릴로의 시정과 우수에 찬 설경화 등은 겨울이 아니면 그릴 수 없는 걸작이다. 한국화는 태생적으로 눈 그림과 가까울 것이다. 실경 속의 하얀 눈과 검은 기와는 생략과 여백의 미와 더없이 잘 어울린다. 박대성은 현대적 실경산수에서 독보적인 위치를 보여주는 화가다. 그는 텐트를 치고 안에서 몸과 손을 녹여가며 눈 내리는 경복궁 향원정을 그렸다고 한다. 의미 있는 작품은 거저 탄생되지 않는다.

두 점의 눈 그림을 그렸다. 의욕은 컸지만 추위를 이기지는 못했다. 경기 광주의 경안생태습지공원에서 추위 속에 부지런히 그렸으나, 작업 시간이 너무 짧은 탓도 있어 세부를 더 이상 그릴 수 없었다. 제대로 묘사하지 못한 점이 안타까웠다. 몇 해 전, 눈이 오기를 기다려서 길상사에 갔다. 그곳에서도 마찬가지였다. 눈 내리길 기다려 스님이 수행하는 소박한 선원을 찾아갔으나 두 시간 이상은 그리기 힘들었다. 얼마 후 다시 갔으나 하필 그 수행하는 집들을 수리해서 그리던 모양이 달라져 있었다. 그 그림은 포기했다.

두 번 모두 뜻대로 완성하지는 못했으나 설경은 반드시 다시 그러보고 싶다. 지금까지 제대로 못 그린 것이 역시 추워서 손이 곱았기 때문이라고 생각하니, 문득 집 아이들이 사용하던 손난로가 떠올랐다. 핫 팩! 틀림없이 손난로를 가지고 가면 많은 도움이 될 것이다. 나름 기발한 착상이라고 여겼으나 지난겨울에는 서울에 제대로 된 눈이 오지 않았다. 겨울에도 비가 오거나, 눈이 와도 적설량도 적고 금세 녹아버렸다. 눈 내린 날 경복궁을 기웃거리기도 했으나, 서운하게도 눈이 그림 그릴 정도로 쌓이지는 않았다.

고궁

경희궁에 대한 추억

어느 나라건 고궁은 아름답다. 고궁은 고유한 아름다움이 대표적으로 드러나는 그 나라 건축물의 집합체다. 한국 고궁의 아름다움은 먼저 연이은 기와지붕과 처마 곡선에서 다가온다. 우리 고궁에는 중국·일본과는 차별되는 우아하고 균형 잡힌 선이 있다.

고궁을 그리러 갈 때는 일본인 야나기 무네요시를 떠올리게 된다. 야나기는 한국 미술에 심취했던 저명한 미학자다. 그는 "조선이 그의 예술에 의해 동양 문화 속에서 탁월한 위치를 인정받는 날이 머지않아 올 것"이라고 1920년대에 이미 갈파했다. 그는 또 "조선 민족은 현명하게도 필연적인 표현 방식을 선택해서, 형태도 색채도 아닌 선에 그 마음을 가장 많이 의탁해왔다"라고 말한 바 있다. 내게 한국인의 미의식에 대해 체계적으로 눈 뜨게 해준 야나기에 대해 간략하나마 조금 더 얘기하고 싶다. 그는 『조선과 예술』(범우사, 1989)이라는 책에서 한·중·일 3국의 미의식을 언급하고 있다.

중국의 예술은 의지의 예술이며, 일본은 정취의 예술이었다. 그러나 이 사이에서 숙명적으로 비애를 짊어지지 않으면 안 되었던 것이 조선의 예술인 것이다. 그러나 그것을 아주 약한 자의 미라고 낮

춰봐서는 안 된다. 만일 저 퍼시 셸리의 유명한 시구가 진실이라면 그것은 미의 극치인 것이다. "가장 슬픈 생각을 노래한 것이 가장 아름다운 시가(詩歌)"라고 그는 말하지 않았던가.

조선 시대 5대 궁 중에서 원형이 가장 심하게 훼손된 것이 경희궁이다. 나는 경희궁이 훼손된 까닭에, 혹은 나쁘게 말해 그 덕분에, 그 넓고 아름다운 터에 세워진 학교에 다닐 수 있었다. 그것은 일본인에 의한 파괴의 흔적이기도 하다. 1910년 경희궁 터에는 일본인 자녀가 다니도록 경성중학교가 세워졌다. 광복과 함께 일본인이 쫓겨가자 그 자리에 서울중·고교가 들어선 것이다.

지금 경희궁 터에는 복원된 흥화문과 태령전 등 옛 궁궐 건물과 서울시립미술관, 서울시교육청, 기상청 등이 혼재해 있다. 운동장 자리에 서울역사박물관이 세워진 것은 성격상 이질적이지는 않으나, 전체적으로는 너무 어수선하다. 고교 때 내 추억의 자리는 대부분 사라지거나 달라졌다. 서운하기는 하지만 역사가 개인적 감회를 뛰어넘으며 앞으로 나아가는 일은 흔하다. 또 그곳은 처음부터 우리들의 자리는 아니었다고도 말할 수 있다.

고2 때 수업 중에 창문 밖으로 열댓 명의 신사가 그림자처럼 조용히 학교를 둘러보면서 지나가는 것을 본 적이 있다. 수업하던 선생님이 "옛날 이 학교를 다녔던 일본인들이 방문한 것"이라고 가르쳐주었다. 한일 국교정상화가 이루어지고 나서 동창들이 20여 년 만에 가보고 싶던 옛 학교를 찾아온 것이다. 그들의 그리움이 충분히 이해된다.

그렇게 추억에는 막무가내 같은 고집이 있다. 1979년 폐교된 서울 남대문국민학교가 있다. 숭례문(남대문) 바로 옆에 있던 이 학교는 도시 재개발에 따라 없어지고 재학생들은 인근의 학교로 옮겨갔다. 졸업생들도 졸지에 동창회를 열 학교 건물을 잃어버린 것이다. 졸업생들은 지혜로웠다. 그들은 옛 학교 자리가 바라보이는 남산 중턱의 백범광장으로 모였다. 숭례문 옆의 대한상공회의소를 가리키며 서로 "저곳에 운동장이 있었고, 교실은 그 뒤편이었지"라면서 모교와 어린 시절에 대한 그리움을 나눴다고 한다. 이 눈물겨운 정경이나마 가능했던 것은 그래도 남산이 학교 터에 가까이 있기 때문이다.

향원정 oil on canvas, 53 × 45cm, 2013

복원된 경희궁은 아직 그리지 못했고, 창경궁과 경복궁을 주로 그렸다. 궁 가운데 가장 넓고 편안한 뜰을 거느리고 있는 것이 창경 궁이다. 창경궁도 역시 일제 식민주의에 의해 처참한 수모를 당했다. 일제는 궁 이름도 유원지 정도의 '창경원'으로 격하하고 궁 안에 동물원과 식물원을 설치했다. 조선 정도의 나라에 궁이 다섯이나 있다니, 하는 못된 심사였을 것이다. '창경원'에는 일본인이 좋아하는 벚꽃을 수천 그루나 심어놓고 봄이면 밤 벚꽃놀이를 했다.

동물원이 1984년 과천으로 이사 가기 전, '창경원' 동물원에 가면 우리 안에 여러 동물이 있었다. 그중에도 불만이 가득한 표정으로 울안을 신경질적으로 오고 가던 늑대들의 번득이고 반항적이던 눈이 지금도 두려움으로 기억난다. 벚나무도 소나무, 느티나무, 단풍나무로 바꿔 심었다. 지금도 남아 있는 식물원은 다행히 궁의 이미지와 위화감도 주지 않을뿐더러 시민에게 교양과 휴식을 제공하고 있다. 그리고 창경궁 주변의 동 이름이 원남동, 원서동이다. 창경원에서 창경궁으로 회복시켰으면 동 이름도 궁남동, 궁서동으로 바꾸는 것이 맞는 일이라고 생각한다.

종로구 명륜동에 6년 정도 살았기 때문에 그때 걸어서 창경궁에 자주 갔다. 그리고 건강이 나빠진 후 10여 년 동안 그리지 않던 유화를 그 무렵부터 다시 그리기 시작했다. 큰아이가 초등학교에 입학한 뒤 학교에서 "학부모 미술전시회가 열릴 예정이니 어떤 작품이든 출품하시기 바란다"라고 통보가 온 것이다.

아내가 "그건 전에 그림을 그렸다는 자기가 할 일"이라고 못을 박았다. 화구를 꺼내보니, 10여 년 동안 사용하지 않던 유화물감을 비롯해 대부분 쓸 만했다. 예전에 한 번 그린 적이 있는 안양 근처의 백운저수지를 찾아가 다시 그렸다. 그 무렵까지도 백운저수지 부근은 난개발이 안 된 덕분에 농촌적인 모습이 보존되고 있었다. 그림을 그리는 동안 아내는 "잘 그린다"고 응원하는 것도 잊지 않았다. 그러나 학교 전시회에 가보고 나서는 "진짜 잘 그리고 잘 만든 학부모들이 많더라"라고 내 오기를 자극했다.

어쨌든 그것이 계기가 되어 다시 그림을 그리기 시작했다. 가까운 창경궁엘 갔다. 내가 몇 시간 그림을 그리는 동안 식구들은 근처에서 놀았다. 풍기대 쪽 언덕에서 지붕들이 내려다보이고, 멀리 남산과 남산서울타워가 원경으로 보이는 풍경을 그렸다. 나는 고궁을 그리고 식구들은 근처에서 쉬는, 그 하루는 더 바랄 것이 없는 휴일이었다.

　그러나 그날 그린 그림은 영 마음에 들지 않아 나중에 캔버스째 부숴버렸다. 가끔 TV에서 도공들이 공들여 도자기를 구운 후 멀쩡해 보이는 작품을 망치로 가차 없이 깨부수는 장면을 본다. 내가 그렇게 완벽주의자는 아니더라도 도공의 마음이 이해되기는 한다. 나무와 천으로 된 캔버스를 부수는 일도 쉽지는 않다. 그림 그려진 캔버스를 그냥 버림으로써 내 그림이 길 잃은 아이처럼 정처 없이 떠돌아다니게 할 수는 없다. 망치와 톱으로 나무틀을 부수고, 유화 물감이 칠해져 더 견고해진 천을 칼로 조각낸 후 버린다. 그래야 미숙한 그 그림에 대한 미련이나 기교적인 후회 등이 조금은 씻기는 듯하다.

　첫 번째 창경궁 그림을 망친 후 마음을 다잡고 다시 명정문 앞 풍경을 그렸다. 첫 그림은 구도가 너무 작위적이고 붓 터치 또한 많이 미숙했다는 느낌이 들었었다. 두 번째 명정문 그림은 좀 단순하지만 궁 그림에서 조금 방향을 잡아간 듯했다.

창경궁 명정문 oil on canvas, 45.5 × 38cm, 1995

한때 흔히 '비원'으로도 불렸던 창덕궁은 개방을 하되 제한하고 있다. 빼어난 건축물과 풍경이 많으나 제한하는 만큼 친근하게 느껴지지는 않는다. 덕수궁은 시청 바로 앞에 있어서 시민이 가기에 가장 편리한 곳이다. 그곳에 의미가 큰 전시회가 가끔 열리는 국립현대미술관의 분관인 덕수궁관도 있지만 규모는 좀 작다. 정궁인 경복궁은 5대 궁궐 중에서 규모와 아름다움이 가장 빼어나다. 김영삼 정부 때 일본이 경복궁 정면에 세운 중앙청을 부숴 없앤 것은 잘한 일이다. 근대건축물로서 아깝기는 했으나 한 나라 수도의 가장 중심부에, 그것도 정궁인 경복궁을 의도적으로 가리고 부정하는 위치에, 떡 버티고 서 있는 그 건물을 부숴 없애는 것은 통쾌한 처사였다.

기품과 우아함을 갖춘 경복궁에서 화가들이 가장 즐겨 그리는 소재가 향원정과 경회루일 것이다. 규모가 작은 향원정은 호화롭기보다는 단아하고 여성적이며 낭만적이다. 이에 비해 규모가 큰 경회루는 웅장하고 늠름하며 남성적 기품을 자랑한다. 공통점은 둘 다 인공 호수 가운데 호도에 세워졌다는 점이다. 이 아름다운 정자들에서 누군가 국사를 논하고, 책을 읽고, 시를 쓰고, 정악 연주를

경회루 oil on canvas, 61 × 50cm, 2014

들었을 것이다.

경복궁은 규모가 중국 자금성에 비해 작기는 하지만, 여러 면에서 자금성에 그리 뒤떨어지지는 않는다. 자금성에는 나무를 심지 않아서 웅장하지만 다소 황량한 느낌도 든다. 황제의 암살 위험을 피하기 위해서라고 들었다. 조화로움과 아름다움으로 보자면 경복궁이 더 높이 평가돼야 하지 않을까 한다. 일본 도쿄 황궁의 경우도 적의 침입을 막기 위해 커다란 해자로 둘러싼 형태와 규모, 건축양식 등에서 놀랄 만한 점이 있다.

경복궁에서 먼저 그린 것이 향원정이다. 지금까지 많은 화가들이 그린 소재이기도 하다. 앞서 그린 유명화가들의 뒤를 이어 구도가 좋은 자리에 앉아 그린다는 사실만으로도 가슴이 뛴다. 그러나 빼어난 자태의 정자를 그리기는 쉽지 않다. 선과 색채를 수없이 바꾸어가며 가을 경치를 그리게 된다. 경회루도 가을에 두 점을 그렸다. 가을철 고궁의 정취는 단풍 든 나무와 경회루의 육중한 지붕 등과 잘 어울린다. 정원수들뿐 아니라 한결 높아 보이는 하늘, 호수의 그윽해지는 물빛도 다른 계절보다 더 진한 음영을 드리운다.

　고궁엘 가면 특히 단체로 온 어린 구경꾼들이 많이 모여든다. 그 중에서 초등학교 고학년 어린이와 중학생 정도가 활발하게 묻고 말도 걸어온다. 정말 그런지는 모르겠으나, "아저씨 잘 그리신다"가 가장 흔한 공치사다. 또 "아저씨 화가예요?", "이 그림 파는 거예요?" 등 구경한 값 대신으로 말 걸기도 할 줄 안다. 그럴 때마다 나는 돌아보지는 않으면서도 "고맙다" 등으로 응답해준다. 동해안 낙산해수욕장에서 그릴 때 좀 떨어진 등 뒤에서 "굿 잡!" 하는 영어가 들려왔다. 돌아보니 부모와 함께 백인 소년이 이쪽을 보며 웃고 있었다. 나도 "생큐"라고 웃어주었다. 소년들의 마음이 열려 있고 순수하다는 표시일 터이고, 그 점이 고마운 것이다.

　미네르바의 부엉이가 지혜의 상징인 것은 부엉이가 늘 눈을 휘둥그렇게 뜨고 있는 까닭이라고 한다. 부엉이 눈은 새로운 것에 경탄하는 상징이다. 어린이의 마음이 늘 신선하고 명랑한 놀람으로 가득 차서, 희망과 함께 미래를 바라보기 바란다. 고등학생 정도가 되면 벌써 내면에 자의식이 깃들기 시작해서 말을 아낀다. 그 또한 수긍할 만한 성장 과정이리라.

　반면 어린이를 데리고 나온 노인들은 흔히 그림은 쳐다보지도

부엉이 파스텔화, 27 × 38cm, 2002

않는다. 아이가 그림 그리는 것을 조금 보고 있을라치면 "어여 가" 하고 채근하기 일쑤다. 쓸데없는 것 보지 말고 빨리 가라는 말이다. 한번은 경복궁의 나이 든 직원이 등 뒤로 다가와 "여기서 그림 그리면 안 돼요"라고 꾸중하듯이 말했다. 물을 사용해서 경회루 연못을 오염시키기 때문이라는 것이다. 내가 "유화는 물을 사용하지 않는다. 그림을 못 그리게 하는 것이 경복궁의 관리 규칙인지 관리소장에게 함께 가서 확인해보자"라고 일어서자, 그는 "그냥 그리라"면서 자리를 떠났다.

많은 사람들이 나이가 들면서 사고의 유연함이 줄어든다. 나도 늘 스스로를 성찰해야 하지만, 많은 고령자는 정신적으로 빈곤해지고 관대함과도 멀어진다. 시대의 스승 채현국 선생의 말씀이 떠오른다. 내게도 추상같은 일갈이다.

노인들이 저 모양이라는 걸 잘 봐두어라. 너희들이 저렇게 되지 않기 위해서 ……. 까딱하면 모두 저 꼴 되니, 노인이라고 봐주면 안 된다.

우리 건축물에 한 가지 이의를 제기하고 싶다. 어쭙잖은 주장일 수도 있으나, 우리 한옥 기와는 검은색 일색이어서 불만이다. 근래 조성되고 있는 한옥 마을들도 검은 기와 위주로 되어 있다. 청와대처럼 우리에게도 청기와 집이 있으나 그것은 아주 소수일 뿐이다. 기와의 검은색은 다른 색을 압도 혹은 억압하기 때문에 다양한 건축적 상상력이 스며들 여지가 없게 만든다. 흑기와 외에 청기와나 홍기와 지붕 등도 보고 싶다. 이미 한옥 외의 일반 주택에서는 다양한 색깔의 지붕으로 건물의 표정을 바꾸고 있다.

차로 농촌을 지나다 보면 자연에 대비되어 집의 지붕들이 선명히 눈에 들어온다. 그중에는 과유불급(過猶不及: 지나친 것은 미치지 못한 것과 같다) 같은 개량 지붕도 적지 않다. 특히 형광색에 가까운 주황색·청색의 지붕이 그러하다. 그런 집들이 주변의 나무나 작물, 이웃집 지붕 등과 빚어내는 부조화는 고통스러울 정도다. 지붕에도 그 마을대로 색의 맥락이 존중돼야 할 것이다. 주황색을 쓰더라도 형광색이 아니라 차분한 황토색 정도가 알맞지 않을까 한다.

논과 밭은 농부가 자연이라는 재료로 만들어낸 예술 작품이라고 한다. 10년 전쯤부터인가, 농촌을 지날 때 참신하게 눈길을 끄는 물건이 있다. 가을걷이가 끝난 논에 비닐로 싼 원형의 큼직한 소먹이용 볏짚이 일정한 간격으로 놓인 것이다. 그 원형 볏짚들은 하나의 신선한 대지예술과도 같다. 텅 비어 쓸쓸해진 논 위에 커다란 볏짚들로 시를 쓰는 것이다. 한 가지 아쉬웠던 점은 비닐 포장이 모두 흰색이어서 대지예술이 좀 단조로웠다. 그런데 근년 들어 흰색 외에 옅은 연두색과 분홍색도 등장해서 몹시 반가웠다. 우리 논과 평야가 가을에서 겨울을 지날 때까지 상상력을 높여주는 예술적 분위기를 지니게 되었다.

고궁 중 특히 경복궁에서 가장 반갑고 기발한 변화는 한복을 입은 젊은이들의 대거 등장이다. 그들이 분위기를 놀라울 정도로 신선하고 발랄하게 바꿔놓고 있다. 그들이 입은 한복도 양반집 자제나 여염집 처녀, 기생 등의 복장으로 매우 다양하고 파격적이다. 재미있고 익살맞은 포즈로 사진도 찍는다. 그들이 고궁의 경직되고 엄숙한 공기를 가볍고 자유롭게 만들고 있다. 젊은이들이 고궁에 입장할 때 한복을 입기 시작한 것은 2013년부터다. 정부가 서울 4대 고궁에서 한복을 입으면 무료로 입장하게 한 결과다. 경복궁 주변에는 한복 대여업체도 성업 중이다. 한번은 젊은 흑인 여성이 한국인 친구들과 함께 한복을 화사하게 차려입고 오고 있었다. 그 모습이 예뻐서 나는 엄지손가락을 치켜들면서 웃어 보였다.

다시 선 이야기를 하자면, 한복의 밝고 고운 선과 고궁의 묵직한 곡선이 만나고 이어지면서 자연스러운 조화를 이뤄내고 있다. 젊은 이들이 고궁을 배경으로 멋진 패션쇼를 펼침으로써 모두를 행복하게 해주고 있다.

「경복궁 담도 헐었으면」이라는 글을 쓴 적이 있다. 높은 담을 밖에서도 보일 정도로 낮추거나, 궁 안을 들여다볼 수 있게 철제 울타리 등으로 바꾸자고 제안한 칼럼이었다. 프랑스 베르사유 궁전이나 영국 버킹엄 궁전 등에도 꽉 막힌 담은 없다. 그러나 그 글을 예술품을 파괴하는 반달리즘처럼 보는 이들에게서 항의도 많이 받았다. 내 생각은 지금도 변하지 않았다. 고궁의 관리 유지 비용이 문제라면, 큰길가에서는 경복궁의 주요 건축인 근정전이나 경회루, 향원정 등은 보이지 않는다. 따라서 경복궁을 관람하려는 사람들은 어차피 표를 사서 입장해야 한다. 그 대신 경복궁다운 격조 있고 아름다운 분위기가 시내와 거리로 확산되는 효과를 거둘 것이다.

1970년대였던가? 시청 쪽 덕수궁 담을 철 구조물로 바꾼 적이 있다. 피터르 몬드리안(Pieter Mondriaan)의 추상미술 같은 담으로 바꿔서 밖에서도 덕수궁 안이 들여다보이게 했다. 꽤 의미 있는 시도였다. 그러나 덕수궁은 시내 번화가와 너무 가까워서, 큰길의 번잡함과 소음이 여과 없이 궁 안으로 밀려들어 왔다. 몇 년 못가 다시 돌담으로 돌아갔다. 의도는 훌륭했으나 복잡하고 협소한 주변 문제를 충분히 고려하지 못해 무리가 있었던 것 같다.

그러나 경복궁의 경우 동십자각에서부터 삼청동에 이르는 넓은 길은 다르다. 완충지대로 충분할 만한 공간적 여유가 있어서, 담을 낮추거나 철제 울타리로 바꾸어 궁 안의 분위기를 거리로 확산시킬 만하다. 근래 여러 학교나 관공서가 담을 바꾸거나 낮추어 환영을 받았다. 사람과 사람을 격리시키는 권위주의적이고 비밀주의적인 높은 담을 바꾸는 것이 시대적 흐름이 되고 있다.

야자나무와 필리핀 사람들

필리핀 세부 근처 M 골프장에 도착했을 때는 자정이 지난 한밤중이었다. 아직 동이 트려면 두 시간 정도가 남았는데, 차에서 내려 하늘을 보는 순간 마음속에서 탄성이 터져 나왔다. 바닷가였기 때문일 것이다. 습기가 느껴지는 대기 위로 별들이 찬란했다. 별들은 눈물이 그렁그렁한 눈처럼 크고 순수해 보이는 빛을 던져주고 있었다. 필리핀에 잘 왔다는 생각이 들었다.

강렬한 인상을 받은 것이 더 있다. 사탕수수밭 위로 펼쳐지는 노을과 바다의 빛깔이다. 동틀 때와 황혼 녘의 바닷가 하늘은 청색과 주황색, 적색 등 원색으로 힘차고 선명하게 번져간다. 색을 진하게 풀어 큰 붓으로 축축한 종이에 빠르게 칠한 것 같다. 그 하늘은 잘 마르지도 않는다. 10대 소년에 어울릴 것 같은 진한 색채가 감정에도 스며든다.

골프장에서 차로 30분 정도 달려 작은 항구로 생선을 사러 간 적이 있다. 강렬한 태양 아래 진한 남색의 바다가 펼쳐져 있었다. 천연 그대로 깨끗하고 하얀 모래, 출렁이는 바닷물을 헤치고 들어오는 어선과 어부, 물장난하는 어린이들, 싱싱하고 값이 싼 생선들 ……. 대여섯 집이 고기를 잡는 그 마을은 때 묻지 않고 원초적

골프장과 야자나무 oil on canvas, 53 × 45.5cm, 2014

인 해변이었다.

　"꼬르르르륵 꼭 꼭 ……."

　그림 그리는 내게 가까이 와서 다정하게 울던 그 새의 이름은 모른다. 필리핀 젊은이들에게 물어봐도 "꼬르륵 새"라고 하고는 씩 웃는다. 한국의 직박구리와 크기나 색깔, 모양이 비슷하긴 한데, 직박구리처럼 신경질적이고 시끄럽게 울지는 않는다. 비교적 단조로운 음색으로 밝고 다정하게 울며 삶의 즐거움을 노래한다. 골프장이 잔디를 잘 다듬기 때문에 벌레잡기가 수월해서 늘 즐거운 모양이다. 암수가 짝을 지어 몇 시간이고 내 주변을 맴돌곤 한다. 간간이 골프 팀이 다녀가는 것을 제외하고는 혼자 작업하는 내게 그 새들의 노랫소리는 늘 반갑고 감미로웠다.

　친구의 권유에 따라 두 차례 필리핀에 갔다. 친구가 자기는 골프를 칠 테니 나는 거기서 이국적인 풍경을 그리라고 강력히 권했다. 친구가 동남아에서 유독 필리핀을 즐겨 가는 이유가 있다. 불행한 역사이지만 스페인에 이어 미국의 지배를 받았던 필리핀에서는 여러 사람과 영어로 이야기를 나눌 수 있기 때문이다.

영어로 소통을 한다고 해서 자만하거나 방심해서는 안 된다. 함께 간 또 다른 친구는 값싼 요금에 끌려 근처 보고시의 이발소에 갔다가 큰 낭패를 보았다. 그는 "조금만 잘라달라"고 했다는데, 이발사는 '조그맣게 잘라달라'로 이해하고 아주 몰라보게 깎아놓았다. 그는 "한 달 동안은 모자를 쓰고 다니게 됐다"며 허탈해했다.

내가 만난 필리핀 사람들은 대부분 선량하고 낙천적이었다. 친절하고 익살스러운 여자 캐디와 남자 직원들은 내가 오전에 그림을 그리고 있으면 등 뒤에서 "굿모닝 서(sir)" 하고 인사를 한다. 그들과 나는 모르는 사이이고, 업무상 관련이 있는 것도 아니다. 점심을 먹고 오후에 나가면 또 "굿 애프터눈 서" 한다. 나는 일일이 돌아보자면 한이 없어 "굿모닝", "굿 애프터눈" 하고 의례적인 대꾸를 하지만, 마음속으로는 그들의 친절이 늘 고맙다.

연령대가 20대에서 50대까지 다양해 보이는 여자 캐디들은 나에게 한국에서의 직업도 화가인가, 이 그림도 한국에서 전시를 할 것인가, 그림 값은 얼마나 하는가, 자기에게 팔 수 있는가 등 궁금한

필리핀 풍경 oil on canvas, 53 × 45cm, 2016

것들을 이것저것 묻는다. "내 얼굴도 그려달라"는 주문도 자주 듣는 농담이다. 한두 번 본 적이 있는 캐디가 그리고 있는 내 앞쪽으로 와서, 도발적인 농담을 했다.

"나도 그릴 수 있나?"

"사람은 잘 안 그리지만 그릴 수는 있다."

"그러면 내 누드를 그려보라."

결정적인 농담을 던진다. 나도 비로소 그 캐디를 똑바로 쳐다보며 한마디 한다. "좋다. 언제, 어디서? 오늘 밤?" 하니, 그 캐디는 깔깔대며 동료들과 도망을 간다. 혹시 오해가 있을지도 몰라 덧붙이자면, 그들은 결코 퇴폐적도 아니고 어설프게 유혹하려는 것도 아니었다. 그들은 골프장의 엄격한 규칙을 결코 벗어나지 않는, 농담 좋아하는 건강하고 건전한 아가씨이거나 아줌마들이다.

근년 들어 필리핀에서 한국인을 표적으로 한 강력 범죄가 늘고 있는 것은 매우 걱정스러운 일이다. 그들은 대부분 가난해도 밝고 긍정적으로 살고 있지만, 보고시 같은 지방도시의 환전소를 보고는 약간 긴장되었다. 제복을 입은 감시원이 권총을 찬 채 환전소 안팎을 날카롭게 주시하고 있었다. 어느 나라 환전소에서도 보지 못한 풍경이었다. 근면·성실해도 희망은 멀고, 궁핍과 좌절을 어떻게든 뛰어넘고 싶을 때, 범죄 유혹을 뿌리치기 쉽지 않을 것이다. 미국의 지배를 받은 역사 탓인지 필리핀에서도 일반인이 총을 지닐 수 있다.

　작업을 하다 보면 열대지방의 스콜이 자주 골탕을 먹인다. 오전 내내 멀쩡하던 하늘이 오후가 되면 30분 정도 사이에 검은 구름을 모으고, 급기야 한줄기 소나기를 시원하게 퍼붓는다. 야외에서 미처 피할 틈도 없다. 골프 치던 사람들과 캐디들은 카트나 그늘집(티하우스)으로 급히 피한다. 하지만 나는 내 옷이 젖는 것은 둘째치고, 캔버스와 물감에 세찬 비가 들이쳐서 난감하기만 하다. 그럴 때 젊은 남자 정원사들이 큰 도움을 주었다. 그들은 나무 밑에서 캔버스와 물감을 겨우 가리고 서 있는 내 쪽으로 뛰어와, 그것들을 들고 그늘집으로 달려간다. 이젤과 의자, 배낭 등은 젖어도 할 수 없다.

　20~30분쯤 지나면 소나기가 그치고 원래대로 돌아간다. 남자 정원사들이 고맙다. 그들은 여자 캐디들처럼 짓궂거나, 성희롱적인 농담도 하지 않는다. 아침에 만나면 예의 갖춘 어조로 "굿 모닝 서"

인사를 한 후, 나무나 잔디 등을 다듬다가 틈이 나면 내 등 위로 와서 작업하는 과정을 말없이 지켜보곤 한다. 언젠가는 내가 작업에 열중하는 가운데 날이 어두워지자 카트로 내 숙소까지 태워다주기도 했다. 그들은 내가 필리핀에 가지 않고 친구 혼자 가면 가끔 "화가 친구는 안 왔느냐?"라며 내 안부를 묻는다고 한다.

건방진 외지인도 있다. 한번은 저녁이 가까워오는 시각에 그리고 있자니, 등 뒤에서 "베리 나이스" 하는 소리가 들렸다. 돌아보니 40대로 보이는 한 백인 남성이었다. 나는 "생큐" 했다. 곧이어 동전 짤랑이는 소리와 함께 그가 주먹을 내밀었다. 그의 손 안에 동전 몇 닢이 있는 것이 아닌가.

나는 처음에 화가 나기보다는 어리둥절했다. 내가 잠깐 그를 물끄러미 바라보고 있자니, 그가 껄껄 웃으며 "농담, 농담" 하고 일행이 있는 곳으로 사라져갔다. 나는 지금도 그 친구의 농담과 행동이 유쾌하지 않게 떠오른다. 그 농담에 화를 내자니 내가 너무 옹졸한 것 같기도 하고, 어처구니없다고 치부하자니 내가 밸이 없는 것이 아닌가 하는 생각에 그냥 속이 상한다.

필리핀 풍경화에서는 대개 야자나무가 등장하게 된다. 종려나무로도 불리는 야자나무는 다른 나무에서는 보기 어려운 독특함과 매력이 있다. 10m 이상의 높은 키에 위쪽에만 새 깃털 모양의 큰 잎이 나 있고, 잎 아래쪽에는 커다란 열매들을 거느리고 있다. 그 모습이 흡사 타조 같은 큰 조류가 알을 잔뜩 품고 있는 것 같기도 하다. 폭풍우가 휘몰아치면 크고 긴 잎들을 한껏 흔들면서 저항하는 듯한 모습이 또한 처절한 장관을 보여준다. 거센 폭우에도 꺾이지 않는 야자나무는 비가 그치면 언제 그랬느냐는 듯이 고요하고 화창한 날씨를 즐긴다. 자연에 적응하고 굳세게 버티는 모습이 늠름하고 장하다.

필리핀이 상하(常夏)의 나라이긴 하지만, 그곳에도 미묘한 기후 차이는 있다. 두 번째로 그곳에 가기 전에 속으로 보아둔 장소가 있었다. 잔디 언덕 뒤편에 10그루 정도 되는 교목이 보기 좋게 늘어서 있는 풍경이었다. 2월에 두 번째 방문을 했는데 나무들이 낙엽이 져서 앙상한 모습이었다. 사람들에게 "나무가 무슨 병이 들었느냐?"라고 물었더니 "지금은 일 년 중에 낙엽이 질 때"라고 말했다.

필리핀과 야자나무 oil on canvas, 50 × 45.3cm, 2016

낭패였다.

1960년대까지도 경제 사정이 나쁘지 않던 필리핀은 정치적 혼란이 계속된 결과 지금은 빈곤한 나라가 되었다. 대도시인 세부와 소도시인 보고시에서도 경제적 활기는 별로 느껴지지 않는다. '앞으로 점차 좋아지겠지' 하며 차로 학교 앞을 지나며 유심히 봐도 걱정이 가시지 않는다.

미래를 준비하는 요람이랄 수 있는 각급 학교의 규모가 너무 작다. 학교 건물도 번듯하기보다는 소박한 편이고 운동장도 대개 협소하다. 야자나무와 망고나무는 길가에서 자주 눈에 띄지만, 학교 안에는 나무도 울창하지 않다. 안쓰러운 마음에, 필리핀이 우선 교육 인프라라도 좀 더 알차게 갖추어 소년, 소녀들이 호연지기를 갖고 씩씩하게 자라게 했으면 하는 생각이 간절했다. 두 번 방문해 그림을 그렸더니 필리핀과 그곳 사람들에게 정이 든 모양이다.

판화
새해 인사

판화 작업은 수채화를 바탕으로 시작되었다. 대학 때 안양 장내 동성당을 그린 수채화를 고무판화로 옮겼다. 벽돌로 된 고딕식 본당 건물도 아름답고, 키 큰 미루나무들과 어울리는 널찍한 마당이 늘 편안하고 여유로운 느낌을 주었다. 그런 풍경들이 좋아서 대학 때 그 성당을 유화와 수채화로 한 점씩 그렸던 것이다.

처음 판화를 해보았는데, 굉장히 부끄러운 실수를 하고 말았다. 고무판이 완성되어 잔뜩 기대와 궁금증을 갖고 찍어보고 나서야 실수를 깨달았다. 좌우가 뒤집힌 판화를 만든 것이다. 왼쪽에 있어야 할 산과 건물이 오른쪽에 있는 판화가 되었다. 판에 새길 때는 도장처럼 좌우를 바꿔 파야 하는데 그걸 모른 것이다. 혼자 뭔가를 배워갈 때는 어김없이 시행착오를 거치게 된다. 창피한 일화다. 혼자 일할 때 특히 꼼꼼히 살피고 파악했어야 했다.

언젠가 오랜만에 그 성당에 가보고 깜짝 놀랐다. 옛 성당 건물이 헐리고 없었다. 그 대신 일반 빌딩과 구별도 잘 안 되는 현대적 성당이 들어서 있었다. 도시에서는 드물어 보기 좋던 높다란 미루나무들도 베이고 없었다. 성당 명칭도 바뀌었다. 순간 머릿속이 허탈감과 분노로 타올랐다.

예전 그 앞을 지나다니며 잠시나마 경건한 생각을 하던 추억이
배신당하는 느낌이었다. 유서 깊은 본당 건물과 정신이 스며 있던
뜰마저 없애고, 맵시를 뽐낼 뿐 위안이 깃들지 못하는 현대적 건물
로 바꿔놓다니. 나중에 생각하니 내가 실수한 작품이지만 좌우가
뒤집힌 판화라도 있어, 그나마 옛 성당이 사라진 것에 대해 위로가
되었다.

직장에 있을 때는 의례적이나마 여러 장의 성탄 카드나 연하장
이 와서 해가 바뀌고 있음을 알린다. 현직을 떠나면 카드나 연하장
은 점차 끊기고 적막해질 뿐이다. 물론 그런 변화를 크게 서운해할
일도 아니지만, 사람 관계가 그렇게 소원해지는 것이 쓸쓸하지 않
은 것은 또한 아니다.

기자들이 하는 말 중에 "불가근 불가원(不可近 不可遠)"이 있다. 취
재원과의 관계는 중요하지만 너무 가까워도, 너무 멀어도 안 된다
는 의미다. 그런데 현장을 떠나면 대부분 자연히 멀어질 뿐, 가까워
지지는 않는다. 한때 친밀한 사이로 보이더라도 인격적인 감화를
주고받으며 긴 시간 맺어진 돈독한 관계가 아니라, 업무상 가까워

진 관계가 지닌 한계라고도 말할 수 있다.

이럴 때 부러워지는 것이 동양화가이자 수필가였던 김용준의 수상록 『근원수필』에 그려진 전 세대들의 풍류가 깃든 교우 방식이다. 지금은 세태와 주거환경이 많이 달라졌지만, 교우의 바탕은 대체로 이러해야 하지 않을까 생각한다. 수필 「매화」의 첫 부분이다.

> 댁에 매화가 구름같이 피었더군요. 가난한 살림도 때로는 운치가 있는 것입디다. 그 수묵 빛깔로 퇴색해 버린 장지 도배에 스머드는 묵흔처럼 어렴풋이 한 두 개씩 살이 나타나는 완자창 위로, 어쩌면 그렇게도 소담스런 희멀건 꽃송이들이 소복한 부인네처럼 고요하게 필 수가 있습니까.
>
> 실례의 말씀이오나 '하도 오래간만에 우리 저녁이나 같이 하자'고 청하신 선생의 말씀에 서슴지 않고 응한 것도 댁에 매화가 성개하였다는 소식을 들은 때문이요 …….

몇 해 전부터 빈 시간이 많아져서 문방구에서 파는 연하장 대신 판화 연하장을 제작해 몇 사람에게 보내기로 마음먹었다. 그때부터

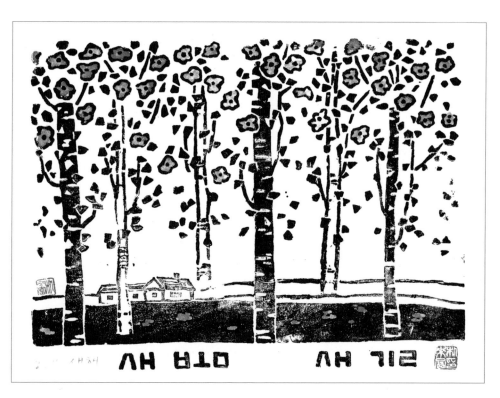

새봄 새길 목판화, 35 × 26cm, 2011

고무판화 대신 목판화만 만들어오고 있다. 처음엔 양평 가는 강가의 길과 바닷가 풍경 등을 새겨서 가까운 지인들에게 우편으로 보냈다. 연하장의 편리함은 보낼 때 그 안에 굳이 다른 안부를 적지 않아도 결례 같지가 않다는 점이다.

나는 어수선한 연말이 지나고 1월이 돼야 연하장을 만들고 싶은 충동이 솟는다. '새봄 새길'이라는 제목으로 나무들이 화사하게 꽃을 피우고 있는 판화를 만들 때는 무척 힘이 들었다. 화면 가득히 나무와 집을 배치했는데, 나무를 파는 데만 일주일은 걸린 것 같다. 팔도 아프고 찍기도 까다로웠다. 완성된 것을 보니 역시 마음에 들었다. 고생한 보람이 있었다.

그러나 그 뒤로는 일반 연하장처럼 크기를 4분의 1 정도로 작게 만드니, 작업도 수월해지고 찍는 부담도 줄었다. 매년 연하장에 무엇을 새길 것인지도 고심거리다. 몇 해 전부터 누군가가 만든 십이지(띠) 연하장을 보고 따라 하게 되었다. 해에 따라 말과 양, 원숭이, 닭을 새겼다. 동양권 옛 선조들이 구축해놓은 우주의 운행과 시간의 질서에 순응하는 것이다. 선인들의 우주관과 질서가 존중되고 유지되는 가운데 만드는 나도, 받는 사람도 평화를 찾을 수 있을 것 같았다.

　너무 단조롭고 심심할까 봐 글도 새겨 넣는다. 짧은 말이지만 한 해를 상징할 함축성을 담기 위해 제법 오래 궁리해야 했다. 뜻대로 됐는지는 모르겠으나 청마의 해에는 답답한 현실을 박차고 나가려는 '靑馬의 꿈', 양의 해에는 높은 산에서 찬 공기를 마시고 착하게 사는 '산양의 봄'을 새겼다. 또 원숭이의 해에는 긍정의 힘으로 맞는 '새해 새날'을, 닭의 해는 '닭 울다'라는 글을 새겼다. '닭 울다'는 한창 부패 정권 퇴진을 위한 광화문 촛불집회에 나갈 무렵에 새긴 문구다. 새해 새벽을 맞는 느낌과 부패 정권 교체라는 중의를 표현하고자 했다.

　12간지 이미지는 주로 인터넷에서 찾는다. 인터넷에서 다양한 모습의 말이나 양, 원숭이, 닭 등을 며칠 동안 검색하다 보면 마침내 그릴 만한 이미지가 발견되는 것이다. 판화는 다 새겨도 찍어보기 전까지는 마음을 놓을 수 없다. 잘됐을지 매번 조마조마하다.

　나는 연하장의 앞부분에 두인을 찍고 뒷부분에 낙관을 찍는다. 일반 판화와는 달리 한국화의 형식을 본뜬 것이다. 형식뿐 아니라

청마의 꿈 목판화, 14 × 17.5cm, 2014

산양의 봄 목판화, 12 × 16.5cm, 2015

새해 새날 목판화, 12.5 × 17.5cm, 2016

닭 울다 목판화, 17 × 13.5cm, 2017

목판화 자체가 수묵화와 흡사하다. 검은 선에 의지하는 표현이라든 가, 여백의 활용, 단순미 등에서 특히 민중미술 판화가들의 작업과 많은 유사성이 있다. 나는 판화 역시 독학을 바탕으로 작업하고 있 는 셈이다. 몇몇 판화가를 좋아하지만, 내가 만든 판화 연하장이 그 들의 것과 비슷하다고는 생각하지 않는다.

한동안 판화 서적과 화집 등을 찾아 여러 도서관을 순례하기도 했다. 책은 그다지 많지 않았다. 귀한 목판화 서적을 보며 화가들의 기법을 이해하려 애쓰고, 책을 빌려오거나 주요 작품의 사진을 복 사해왔다. 다시 한번 공공 도서관을 칭찬하자면, 도서관 회원에 가 입하면 어느 도서관에서든지 2주 동안 무료로 책을 빌려볼 수 있다.

유화 그릴 때도 마찬가지이지만, 나무판을 파내는 비교적 단순 한 작업을 할 때 가장 도움을 주는 것이 음악이다. 집에서는 CD나 FM 라디오를 들으며 일을 하는 것이 습관처럼 되었다. 시각적 작업 과 청각예술이 공존하는 즐거움을 누리는 시간이다. 라디오를 들으 면 굳이 시계를 보지 않아도 시간의 경과를 알 수 있어 편한데, 때 로는 프로가 일찍 끝나는 게 아쉽기도 하다. KBS 클래식 FM을 주로

듣는다. 그중 낮 2시부터 4시, 4시부터 5시까지가 하루의 하이라이
트다. 정성 들여 선곡하고 정중하거나 다정하게 말을 건네는 이 프
로그램들에 감사한다.

앞 프로의 J 진행자와 뒤의 여자 아나운서 J의 진행 방식이 상당
히 대조적이다. J 진행자는 음악 외적인 얘기는 철저하게 배제하면
서 청자를 음악에 몰입하게 도와준다. 풍부하되 절제된 지식과 정
보를 고급스러운 어휘로 전해주는데, 음악에 대한 경건하고 겸손한
태도를 느끼게 된다. 이 프로그램에서 베토벤(Ludwig van Beethoven)
음악을 많이 듣게 되는 점에도 고마움을 느낀다. J 아나운서는 다감
하고 능동적인 소통으로 다가온다. 참신한 화제로 프로그램을 이
끌며 거기에 맞춘 성악을 들려준다. 그녀 역시 절제되고 조율된 어
휘를 벗어나지 않는다. 그러면서 때로는 발랄하고, 때로는 도덕군
자같이 짐짓 엄숙한 어투로 미소 짓게 만드는 편안한 유머가 있다.

두 사람은 FM 라디오 방송인으로서 중대한 시사 문제를 어느 정
도 반영할 것인가, 혹은 반영할 것인가 말 것인가 하는 점에서는 다
소 입장 차이가 있는 듯하다. 그런데도 진지하고도 과장과 꾸밈이
없는 자연스러운 진행이 그들의 커다란 덕목일 것이다. 그들이 다

변과 자기과시로 흐르지 않아 내가 방해받지 않고 작업할 수 있었다. 두 방송인에게도 고마움의 표시로 연하장을 보냈다.

판화 연하장을 보내고 나면 받은 사람들의 반응이 전해지기 마련이다. 그중에도 미술 관련인의 반응에는 적잖은 신경이 쓰인다. 조각가 L 선생 작업실에 가면 내가 보낸 연하장 두 점이 액자로 걸려 있다. 그는 '산양의 봄'을 가리키며 "그림의 골격이 내 것보다도 낫다"고도 칭찬해주었다. 터무니없는 과찬이지만 나를 고무시켜준 것도 사실이다.

광주로 낙향한 S 선배도 매년 "잘 받았다"는 인사를 빼놓지 않는다. 그 선배가 지난해 서울에 왔을 때, 인터넷에서 내 글에 관한 평을 읽고 기뻤다는 얘기도 했다. 나는 그때까지 그 글을 읽지 못했다. 며칠 뒤 인터넷에서 그 글을 찾아보았다. 주로 내가 쓴 칼럼을 대상으로 한 듯한 평이었다. 과찬이지만 짤막하므로 자랑삼아 인용해본다.

그는 한결같다. 스스로의 양심에서 가까운 곳을 염결히 지킨다. 그의 문장은 과장하지 않는다. 잠시만 한눈팔거나 열에 들떠도 수직으로 기어오르거나 훌쩍 건너뛰는 게 문장인데도 말이다. 그는 자신이 제대로 부릴 수 없는 말이나 개념을 문장에 올리지 않는다. 마찬가지로 독자들이 통제할 수 없는 말과 개념도 입 밖에 내지 않는다.

날을 세우기 위해 칼을 가는 것이 아니라 그의 칼에 누가 다치지 않도록 날을 죽여 구체적으로 간다. 그래서 그의 말은 애매하지 않다. 쉽고 분명하다. 그러나 가볍지 않다. 묵직이 누른다. 할 말은 꼭 하는 그는 그 편안한 칼로 짚을 것을 짚는다. 진정한 고수는 칼이 편안하다.

≪대구한국일보≫ 기사였다. 필자인 김윤곤 기자는 시인이기도 하다. "대구한국일보는 독립법인 출범에 맞춰 한국일보 출신 7인의 문필가를 소개하면서 「펜의 힘」 르네상스를 예감한다"는, 그 기사에 대한 편집자 주 형식의 설명이 실려 있었다. 나의 글 쓰는 자세와 지향점에 대한 그의 공감이 느껴졌다. 그의 글은 기사문으로서 드물게 시적이고 함축적이었다.

자신을 객관화하는 일은 쉽지 않다. 자기 미화의 욕망이 앞서기 때문일 것이다. 정성 들여 타인을 칭찬하는 일은 더 어렵다. 면식이 없는 사이일지라도 마음 한구석에는 경쟁심이라는 무의식이 작용하는 탓일 것이다. 후배지만 도량 있는 그가 고마웠다. 내가 "대구나 서울에서 한번 만나자"라고 전화를 했고, 그가 "서울 갈 일이 있다"고 했으나 이뤄지지 않았다. 연하장을 보낼 사람이 한 명 더 늘어난 것이다.

연하장을 보내려 해도 망설여지는 사람이 있다. 초등학교 1, 2학년 때 담임교사였던 K 선생님이다. 전화번호는 알아냈으나 그분이 나를, 나의 글을 마음에 들어 하는지 몰라 계속 주저하게 된다. 그분은 우리 반 담임을 끝으로 교직을 떠났고 결혼해서 일찍 미국으로 이민을 갔다. K 선생님은 초라하고 볼품없었을 나를 많이 인정해주었다. 한 예로, 2년 내내 종업식 때는 반장도 아닌 나를 우리 반 대표로 우등상을 수상하도록 내보냈다. 눈에 띌 정도인 그분의 인정 덕분에, 그 후 아이들은 나를 계속 반장으로 뽑아준 것 같다.

그러나 내 기억으로는 1학년 때는 5~6일 정도나 학교에 가지 않았다. 비좁은 교실에서 몇 시간을 보내는 것이 힘들었던 것 같다. 그 중 하루는 동네 사람들이 우리 집의 모내기를 하던 날이라 잘 기억이 난다. 학교를 가지 않고 모내기하는 논으로 혼자 따라갔다. 그곳에서 놀다가 물기로 뒤덮인 논둑에서 미끄러졌다. 엄마가 흙탕물을 뒤집어쓴 나를 씻겨주자 동네 아주머니가 물었다.

"래부 오늘 학교 안 갔네?"

"예, 가기 싫다고 해서 ……."

K 선생님은 주로 단정한 한복 차림이었다. 그분은 운동장에서 매주 전교 조회를 할 때 교단에 서서 「애국가」 제창의 지휘를 했다. 선생님의 단정한 모습이 자랑스러웠다. 어느 가을 오후에 선생님과 우리 반 아이들이 학교 뒷산 형제봉에 오른 적도 있다. 사실 별로 높지도 않았지만, 내 딴에는 그렇게 높은 산에는 처음 오른 것이다.

눈앞에 다른 세상이 전개되고 있었다. 넓은 들판 건너로 야트막한 산들이 펼쳐져 있고, 그 사이로 서해로 흘러드는 하천이 보였다. 들판 끝에 지금은 없어졌지만 수인선 협궤 철도가 길게 뻗어 있었다. 마침 그 시각에 어천에서 야목으로 가는 기차가 지나가고 있었다. 멀리서지만 기차도 처음 보았다. 시골 소년의 자랑인 "나는 기차는 못 보았지만 비행기는 보았다"라는 우스개가 그때까지 내게는

새해 인사 목판화, 18 × 24cm, 2012

정말이었던 것이다.

    그 선생님은 내가 가장 그리워하는 사람 중의 한 사람이다. 안부를 전했을 때 K 선생님이 나를 기억하지 못한다 하더라도, 나의 기억과 감사의 마음을 전하기만 하면 된다. 그러나 혹시 그분이 내 글쓰기를 못마땅해하지나 않을까 저어되어 연락을 못 드리고 있다. 신문 글에는 여러 반응이 빠르게 전해진다. 정치적으로 민감한 사안일수록 독자의 반응은 뜨겁게 끓어오른다. 전화를 걸어 대뜸 욕부터 하는 사람, 단체 이름으로 고소하겠다고 협박하는 사람 등 여러 사람에 시달리게 된다. 반면 내 글에 공감해 전화를 하거나 편지나 이메일을 보내 격려하는 사람들도 있다.

    그러나 여럿이 얼굴을 맞대고 모인 자리에서는 늘 신경이 쓰인다. 특히 나이 든 사람들이 타인에 대한 배려나 존중, 양보가 없는 경우를 많이 보아왔다. 사람들의 성향이 불확실한 자리에서 나의 첫 번째 보신책은 가능하면 말을 적게 하는 것이다. 그런데 말을 안 하고 있으면 불편해하는 사람들도 적지 않다. "말 좀 해봐라"라고 주문하는 사람들도 있다. 그래서 두 번째 보신책은 가끔 농담이나 객쩍은 소리를 해서 분위기를 망치지 않는 것이다. 사실 언제라도 농담할 준비를 한 채 대화 자리를 지키는 것도 쉬운 일은 아니다.

한번은 미국에서 K 선배가 부인과 함께 오랜만에 한국에 와서 환영하는 모임에 갔다. 10명 정도가 모인 자리였는데 얘기가 오가다가, '안 나왔으면' 했는데 내 글 얘기도 나왔다. 내가 근무하던 한국일보의 미국판이 꽤 영향력이 커서 K 선배도 내 글을 보았을 개연성이 높았다. 혹시 분위기가 어색해지지나 않을까 염려돼서 내가 먼저 말했다.

"그렇지만, 제 글에 대해 못마땅해하는 사람도 많습니다."

K 선배가 받았다.

"아냐, 잘 쓰더라구. 네 칼럼과 내 생각이 비슷해서 어디 가서 그런 주장을 하면, 사람들이 나보고 '좌파'라고 그래!" 하며 껄껄 웃었다. 오랜만에 본 K 선배 생각이 궁금했는데 새삼 안심이 되었다. K 선생님도 그러셨으면 좋겠다.

지금은 '연하장 올 때가 됐는데 ……' 하며 내 연하장을 기다리는 사람들도 생겼다. 보기 좋은 카드나 연하장이 넘쳐나는 시대에,

그 미학이 대단해서가 아니라 미숙하나마 직접 목판에 새겼다는 것을 갸륵하게 여기는 것 같다. 반면 그동안 내 연하장의 진가를 정확히 알아보는 사람도 적지 않았다. 미국 등 멀리 있는 사람은 이해가 되지만, 연하장을 받은 뒤 얼마 지나지 않아 만났을 때조차 '잘 받았다'는 인사치레도 하지 않는 사람들이다. 다음 해부터는 그에게 보내지 않는다.

카드나 연하장이라는 것이 직접 보낼 때 제법 손이 많이 간다. 제작하는 것은 원래 그렇다 쳐도, 일일이 주소를 확인한 뒤 그것을 봉투에 붙이고 우체국에 가서 부치는 것도 꽤 번거롭다. 스스로를 바쁘다고 여기는 사람들은 못할 일이다. 하지만 기다리는 사람들을 생각할 때 판화 연하장 만드는 일을 중단한다면 나도 허전할 듯하다. 일이란 일단 시작하면 제 궤도를 따라 굴러가게 마련이므로, 당분간은 계속할 형편이 되었다.

목판화 작업을 하면서 사용하는 재료 대부분이 수입품이라는 사실이 안쓰럽다. 나무는 자라는 토질과 기후에 좌우되므로 외제를 쓴다 하더라도, 조각도 세트와 판화지, 물감 등을 외제에 의존

한다. 롤러 정도가 국산이다. 쓸 만큼 괜찮은 판화 재료가 국내에서 개발돼 있지 않기 때문이다. 개발되지 않는 원인은 학교나 미술 시장에서 판화 수요가 적은 탓에 제조회사가 본격적으로 생산을 하지 않을 것이다.

판화는 미술 시장에서 환영받으며 보급될 만한 주요한 순수 미술 장르다. 표현 영역도 넓고 제작 기법도 다양하다. 서양미술에서는 판화가 주요한 궤적을 남기며 발전해왔고, 복수 제작이 가능한 탓에 저렴한 가격으로 보급되며 대중의 폭넓은 사랑도 받았다.

국내에서는 모더니즘 미술 계열과 민중미술 쪽에서 모두 꾸준히 작업을 해왔다. 그러나 아직 판화가 넓은 시장에서 대중의 사랑을 확보했다고 말하기는 어렵다. 그림이나 조각을 한낱 투자와 경매의 대상으로 여기는 우리 사회의 부박한 시각도 언젠가는 바뀌게 될 것이다. 집의 벽에 가족사진이나 종교적 글씨 등을 대신해 판화를 비롯한 순수 미술품을 걸 때, 우리의 미술문화적 안목도 한층 성숙해질 것이다.

에
필
로
그

그리운 사람과 풍경을 중심으로 글을 쓰고 그림을 그렸다. 생각의 흐름을 따라가다 보니 두서없고 좌충우돌식의 글쓰기가 되었다. 지금까지 글과 그림에서 거둔 성취가 보잘것없지만, 내가 직업으로 글을 쓰고 또한 그림을 그리게 된 내력을 좀 더 덧붙이고 싶다.

얼마 전 고교 동창 강북 모임에서 한 친구가 물었다. 오랜만에 나간 자리였다.

"래부는 요즘 뭐하냐?"

"그림만 그린다. 주로 유화, 풍경화를 그린다."

"그래? 묻기는 좀 그렇지만, 잘 그리냐?"

"○○○만큼 그린다."

"○○○가 누구냐?"

옆에서 다른 친구들이 끼어들었다.

"누구긴 누구냐? 고등학교 미술 선생이지. 너 우리 학교 나온 거 맞아?"

"에이, 심하다. 그 선생이 얼마나 잘 그렸는데 ……"

내가 웃으며 말했다.

"물론 말도 안 되지. 그 선생은 국전에서 큰 상도 받고 실력을 인정받는 화가였으니까. 그런데 내가 그 선생한테 감정이 좋지 않아서 한번 해본 소리다."

다른 친구가 거들었다.

"그 선생한테 나도 맞은 적이 있는데 ……"

무서운 교사들이 있었다. 파충류같이 차가운 교사가 학생을 체벌하는 일이 드물지 않았다. 어떤 교사는 '처벌도 교육이다'라는 무지막지한 교육적 신념을 내세우며 몽둥이를 들었다. 그러나 다른 쪽을 돌아보면, 지금까지 마음이 따뜻해지는 다정한 분들도 있다. 그리운 분 중의 하나가 용산중학교 때 미술 교사 최영택 선생님이다.

선생님은 중학교 1학년 초부터 나를 미술과 가깝도록 지도하셨다. 그분이 내게 "미술반에 와서 활동하라"고 권하서서 방과 후 미술반을 찾아간 적이 있다. 친구와 둘이 갔으나 2, 3학년 선배들이 험하게 대해서 그냥 돌아서고 말았다. 고등학교 교사가 그냥 "밖에 나가서 그림 한 장씩 그려오라"고 지도했다면, 그분은 중요한 수채화 기법 등을 하나하나 가르쳐주시곤 했다. 중학교 때 미술 시간은 내가 가장 좋아하는 수업 시간 중 하나였다. 그러나 고등학교에서는 배우고 성취해가는 미술 공부의 즐거움과 한참 멀어졌다.

목안 있는 정물 oil on canvas, 32 × 41cm, 1994

20대 때 과외지도를 했다. 저녁에 두 시간씩 아이들을 가르치는 일이 그다지 고통스럽지는 않았다. 아쉽다면 그 시간에 친구들과 어울려 막걸리를 마시거나 깊은 얘기를 나누지 못하는 것이었지만, 주말에 만나면 되었다. 대입 공부가 도무지 하기 싫었을 무렵인데, 운수업을 하는 그 집에 문학·사회과학 전집이 많았다.

'노벨문학상 수상전집'과 '세계전후문학전집' 등 여러 종류였다. 사업상의 필요로 구입한 것 같았는데, 그 집에서는 거의 장식용일 뿐이었다. 두 전집을 읽기 시작했다. 거기에서는 내가 배우고 접하던 것과는 엄청 다른 문학 세계가 끝도 없이 펼쳐지고 있었다. 특히 당시로서 최근의 세계적 문제 작품들을 소개한 '세계전후문학전집'(전 10권, 신구문화사)은 저항적이고 도발적이며 불온하기까지 한 강렬한 인상과 독후감으로 나를 뒤흔들었다.

고교 국어 교과서에서 이름만 배웠던 제2차 세계대전 후의 새롭고 주요한 문학 사조들이 거기에 빠짐없이 수록돼 있었다. '비트 제너레이션'을 대표하는 미국 작가 잭 케루악(Jack Kerouac)의 『노상에서』, 『앵그리 영 멘』의 영국 희곡작가 존 오즈번(John Osborne)의 『성난 얼굴로 돌아보라』, 일본 소설가로서 후에 수구 정치인이 된 이시

하라 신타로(石原愼太郎)의 소설 『태양의 계절』 등 많은 작품을 차례
로 독파했다.

　나의 내면이 은밀히 꿈틀거리며 변하는 것을 느꼈다. 냉철하고
단호하며, 그때까지 습득된 세상의 허위의식을 경멸할 줄 아는 시
선으로 세상을 보기 시작했다고도 말할 수 있다. 내면적으로 순수
의 시대가 지나간 것이다. 이런 젊은 날의 삽화는 국내에서 해적 출
판이 통했던 시절의 얘기이기도 하다. 국제적으로 저작권이나 지적
소유권이 엄격하게 적용되기 전에나 가능한 출판이었으니까.

　공부와 멀어진 입시생이 스스로의 처지에 초조해하면서도, 삶
의 은밀한 비밀과 새로운 유혹에 눈을 뜬 석 달 정도가 훌쩍 지나갔
다. 지금처럼 독서를 적게 할 때 가끔 반추하며 민망해하는 젊은 날
이다. 희망은 멀고 우울로 점철된 청춘 같지만, 탈출구를 가늠하게
해주는 빛도 새들어왔던 셈이다.

　스무 살 때 거의 현실도피 방법으로 읽은 그 책들이 그 뒤 기자
라는 내 직업에 도움을 주었다고 생각한다. 특히 문학 담당 기자를
할 때 글쓰기에서 꽤 자산이 되었다고 믿는다. 나중에 법학을 전공

한 내게 그때가 아니었으면 두 종류의 전집을 읽을 기회는 거의 없었을 것이다.

하여, 나는 종종 '새옹지마라'는 말을 떠올린다. 옛날 중국의 한 변방에 사는 노인이, 키우던 말이 국경 밖으로 달아나서 낙심했다. 그 후 그 말이 준마 한 필을 끌고 와서 훌륭한 말을 새로 얻게 되었다. 아들이 준마를 타다가 떨어져서 다리가 부러졌다. 그 때문에 아들은 전쟁에 나가지 않고 죽음도 면할 수 있었다.

나는 예상치 못했던 좌절에 부딪혔을 때, 새옹의 아들처럼 타격을 받았을 때 다른 길을 선택할 수밖에 없었고, 그것에 적응하려고 노력했다. 그 길에서 다소 성취를 얻었더라도 애초부터 마음 내키는 일은 아니었다. 새옹지마 얘기는 위안을 주기는 해도, 우연적 요소에 휘둘리는 인간의 무력한 초상을 더 뚜렷하게 보여준다. 어쩌다가 있는 좋은 일들은 책에 담겨 전해지지만, 현실은 대체로 개인에 대해 무심하고 냉정하다.

제지공장을 하던 집에서도 과외지도를 했다. 그 집과는 가까워져서 지금도 오고 간다. 장례식은 물론 슬픈 삶의 과정이지만, 한국과 미국과 뉴질랜드로 흩어져 살고 있는 그 남매들을 장례 기간 동안 불러 모은다. 내 입장에서 볼 때, 결혼식은 잠깐 얼굴을 보게 되지만, 장례식은 그들과 좀 더 길게 얘기를 나누는 기회이기도 하다.

　모두 50대가 된 남매들의 회고에 의하면 나는 그들에게 전인교육을 시켰다. 그들은 그 점을 기껍게 기억했다. 그들은 일반 학과 공부뿐 아니라 소설 『토지』 등을 읽어야 했고, 시간을 내어 연극과 영화를 보았다. 수영과 탁구와 자전거 타기에도 익숙하게 되었다. 사실 그것들은 모두 내가 좋아하는 것이었다. 장녀는 미술대학을 졸업했는데, 그들은 내 영향 때문이라고 여기고 있다. 나는 그 애가 중2 때 교내 사생대회를 앞두고 한두 번 치밀하게 연습을 시켰다. 그 애는 입상을 했고 그것을 계기로 후에 전문 학원을 다니며 입시 준비를 했다.

　내가 그 애에게 어떻게 사생대회 준비를 시켰던가? 최영택 선생님의 수업 내용을 충실히 전달해준 것이다. 그분의 지도 중에서 지금까지 기억에 남는 것은 이런 가르침이다. 다른 분한테도 배울 수 있는 음양과 원근의 표현 등은 굳이 적지 않는다.

수선화 화분 oil on canvas, 32 × 41cm, 2013

① 물을 충분히 사용해야 수채화다운 특징이 드러난다.

② 화판은 약간 기울게 하고 그려라. 그래야 색을 칠하면 물감의 입자가 밑으로 모여 마름으로써 사물의 어두운 그림자가 자연스레 표현된다.

③ 수채화에서는 대개 작은 붓보다는 큰 붓을 사용하는 게 좋다.

④ 수채화에는 투명 수채화와 불투명 수채화가 있는데, 대부분 투명 수채화 작업을 한다. 흰색을 사용하면 불투명 수채화가 되기 때문에 가능하면 흰색을 쓰지 마라. 검은색에 흰색을 섞어 회색을 만드는 것도 하지 마라. 검은색에 물을 충분히 타면 회색이 된다.

⑤ 아주 충분히 관찰하면서 그려야 한다.

당시에도 인상주의 회화가 많이 소개되고 있었다. 선생님 역시 인상주의에 깊이 공감하는 것 같았다. 어느 시간에는 "그리려는 대상에 이르는 빛과 색채의 순간적 진동을 느끼려고 노력하면서 그림을 그려보라"라고 지도한 적도 있었다. 중학생에게는 쉽지 않은 주문이었지만, 인상주의 회화와 중요성이 어느 정도 이해는 되었다.

5월쯤으로 기억되는 어느 날 도서관 앞뜰에서 선생님이 그림을 그리고 있었다. 쉬는 시간에 급히 가보니 선생님이 8호 정도의 캠버스에 유화로 장미를 그리는 중이었다. 구경하는 아이들이 모두 감탄했다. 숨을 죽이고 응시하던 당시의 내 눈에는, 실제 장미보다도 더 아름답고 싱그러운 꽃들이 색채대비와 더불어 신비롭게 묘사되고 있었다. "한 폭의 그림 같다"는 말처럼 선생님의 그림은 실제를, 현실을 뛰어넘는 세계로 향하고 있었다. 하긴 현실 그대로를 그려야 한다면 누가 그림을 그릴 것인가.

　나중에는 구로공단 야학에 참여했다. 근로청소년을 대상으로 나는 영어와 일반사회 과목을 가르쳤다. 여학생이 남학생보다 훨씬 많았다. 낮에 일하고 퇴근 후 다시 피곤한 몸을 가누어가며 공부를 하는 씩씩한 젊은이들이었다. 야학에서는 알차게 학사 일정도 운영했다. 그들과 함께 한강 둔치에서의 체육대회, 내장산 수학여행, 과천 수련회 등을 다녀온 기억이 지금도 새롭다.

　형식상으로는 가르치고 배우는 관계였지만, 20세 안팎의 그들과는 동세대적인 유대감이 흐르고 있었다. 한 교사 대학생과 학생 여공은 결혼을 해서 잘 살고 있다. 그 시절이 범속한 내 삶에서 타인에게 무언가 순수하게 도움을 주고자 한, 가장 빛나는 부분이 아닐까 한다. 나중에 신문사로 출근하게 되어 야학을 그만두었다.

가끔 자문할 때가 있다. 가난하게 성장한 나는 기싱처럼 "타고나면서부터 자립적이고 세상을 멸시하는 눈을 가진 자"일까? 내가 혼자 있는 것과 독서, 그림 그리기를 좋아하는 것을 보면 다분히 그런 혐의가 있을 것 같기도 하다. 또한 "모든 것으로 미루어 낙천관은 이루 말할 수 없는 인류 고통에 대한 통렬한 조롱이다. 일몰을 바라보는 것은 감옥에서나 궁궐에서나 마찬가지다"라는 염세적 철학가 아르투르 쇼펜하우어(Arthur Schopenhauer)의 말에도 공감한다.

이 점도 또한 앞의 혐의에 보태질 듯하다. 나는 세상의 부조리에 차가운 경멸로 맞서려는 생각도 한다. 세상에는 얼마나 많은 억지와 거짓 주장이 난무하며, 큰 목소리로 파렴치함을 감추려는 언설이 횡행하는가? 나는 끝까지 투철하지 못했던 점이 부끄럽기는 해도, 가능한 한 언론인이라는 책임감으로 개인적 부담을 무릅쓰고 침묵하기를 거부하려고 했다. 나는 "침묵한다는 것은 악과 협력한다는 것"이며 "침묵은 행동- 그것도 나쁜 행동이다"라는 장 그르니에(Jean Grenier)의 지적에 전적으로 동의한다.

그러나 내게 발언의 장이 주어지고, 꼭 나서야 할 때까지는 내 영역을 조용히 지키는 편이다. 나는 혼자 음악 듣기도 좋아하며, 지금은 건강이 나빠 못하지만 축구나 탁구 등을 통해 세상 속으로 들어가 표시 안 나고 평화롭게 어울리고 싶다. 그런 삶이 문명 시대를 살아가는 기본적 조건이며 교양이라고 생각한다.

청소년기 10여 년간 지녔던 희망은 오래 간직하고, 절망은 기억 저편에 깊이 파묻고 싶었다. 그러나 희망의 기억은 흐려지는 대신, 쓸쓸한 추억은 자주 두꺼운 지층을 뚫고 나와 마음의 평정을 뒤흔든다. 그래서 마음이 심란할 때면 가끔 이 말을 주문처럼 떠올린다. "앞에는 언제나 더 좋은 일이 있다." 농부이자 저술가, 사회운동가로 큰 사표가 된 미국의 스콧 니어링(Scott Nearing)이 자주 한 말이라고 한다.

1970년대 말 안양 일요화가회를 따라가 풍경화를 그리기 시작했다. 오용길 전 이화여대 교수의 권유에 따라 참여하게 되었다. 형과도 잘 알던 그분이 모임을 이끌었다. 활동을 계속했으면 그림도 많이 좋아졌을 텐데, 몇 번을 참석하다가 아픈 바람에 못 나가게 되었다. 많이 아쉬운 일이었다.

그 뒤 큰아이가 초등학교에 입학하면서 그림을 다시 시작했고, 신문사 문화부에서 미술 담당 기자를 한 것도 그리기를 지속적으로 충동질했을 것이다. 당시 나는 화가라는 직업이 부러웠고, 그들에게서 배운 것도 많다. 가끔 그들에게 넌지시 유화 테크닉에 관한 세부적인 질문을 할 때도 있었다. 그들은 별안간 민감해져서 "박 기자 그림 그리시오?" 하고 반문을 했다. 뜨끔해진 나는 "그냥, 알고 싶어서요"라고 얼버무릴 수밖에 없었다.

풍경화 작업은 늘 자연을 모티브로 삼아 출발한다. 나는 "예술이란 자연과 평행하는 일종의 조화"라는 폴 세잔(Paul Cézanne)의 말에 공감한다. 그러나 자연을 단순히 기계적으로 모방하지 않고, 그의 말처럼 그것을 조화롭게 재구성하는 것이다. 이것이 내가 해온 소박한 작업이며 미학이다. 변형과 재구성도 따르지만 모방 작업에서 얻는 희열도 크다. 그러나 작업을 하다 보면 꽉 막힐 때가 있다. 더이상 어떻게 그려야 할지를 몰라 능력의 한계를 절감하는 것이다.

난감한 단계에서 회의가 들곤 한다. 그러나 고통스러운 모색과

조안리 oil on canvas, 52.5 × 45.5cm, 2011

지루한 반복을 거치다 보면, 대개는 어느덧 희미한 탈출구가 보인다. 애초에 의도했던 이미지에 많이 다가가 있는 것을 느낀다. 실력이 조금 나아진 듯한 성취감도 맛본다. 추상 작업에 대해서도 생각하게 된다. 그러나 곧이어 추상에 대한 내 사유 체계와 기량의 부족을 인정한다. 추상 작업은 허투루 접근할 수 있는 장르가 아니다. 추상은 엄격한 사유와 훈련을 거쳐 도달하는 세계라고 생각한다. 내게 더 중요한 것은 이해하기 쉽고 편안한 그림을 그리면서, 내 성취의 기쁨과 타인의 공감에서 받는 즐거움이다.

사람들은 내게 "전시회는 했냐?"라고 묻는다. "안 했다"라고 답하면 또 "언제 할 거냐?"고 묻는다. "후년쯤 한다"는 말로 도망하고도 몇 년이 흘렀다. 지난해에는 더 이상 도망하는 것도 민망해 "내년에 한다"라고 했는데, 드디어 해가 바뀌었다. 부산에 있는 친구 Y는 내게 전시회를 열라고 진지하게 설득한 적이 있다. "잘된 그림이든 못 그려진 작품이든, 완성된 그림은 그 나름으로 주어진 길이 있다. 네 그림이 전시회를 통해 각자 갈 곳을 찾아가게 하는 것이 옳다"는, 자못 철학적인 주장이었다.

사람과 풍경에 대해 글을 쓰고 그림을 그렸다고 어떻게 달라지
지는 않는다. 그리움은 가시지 않고 오히려 더 선명해지는 것도 같
다. 그리움은 미화되거나 소모되는 것이 아니라서, 그냥 지니고 살
아야 하는가 보다. 그것은 때로는 냉철하게, 때로는 고요하게 응시
해야 하는 생명현상일 것 같다. 세상 풍파를 헤치며 사는 것 자체가
영광일 수도 있다. 그렇다면 우리의 삶은 그 자체가 상처투성이의
영광이기도 하다.

한동안 이 책 집필과 전시회 준비를 핑계로 언론민주화 운동에
열심히 참여하지를 못했다. 그러나 나는 오래전부터 한번쯤은 그림
을 좀 더 본격적으로 그려보고 싶다는 꿈을 품어왔다. 지금도 언론
자유라는 정의, 우리 시대의 민주주의를 위해 대체할 수 없는 그 대
의를 위해 어렵고 궂은일에 앞장서고 계신 언론계 선배들과 동지들
에게 송구스러울 뿐이다.

아내 이석순에게 감사한다. 그녀는 그림 그리는 현장에 자주 동
행해주었다. 집에서 작업할 때는 그림의 부자연스럽거나 잘못된 부
분을 예리하게 지적해줌으로써 그림이 좀 더 나아지게 했고, 전시

L SS oil on canvas, 25 × 25cm, 2015

회를 열도록 격려도 해주었다. 하빈, 하연 두 아이들도 내가 글 쓰고 그림 그리는 것을 좋아했다. 그들은 나와는 다른 관점에서 그림을 평가하고 내가 놓친 부분을 얘기해주는 등 큰 도움을 주었다. 여러 작업 현장에 기꺼이 함께 가 도움을 준 벗 서원석, 장종구, 신동완과도 즐겁고 고마웠다.

한울엠플러스(주)에서 또 한 권의 책이 나오게 배려해준 김종수 사장, 애초 이 책에 대한 구상과 제안을 해준 박행웅 고문, 세심하게 정성을 들인 최진희 편집자 등에게 마음 깊이 감사한다. 그들 덕분에 아름다운 책이 만들어졌다. 이 책 출간에 맞춰 전시회를 여는 데 도움을 준 이호재 가나아트 회장에게도 감사한다.

그림과 산문 **박래부**

1951년 경기도 화성에서 태어났다. 서울고등학교, 국민대학교 법학과, 한양대학교 언론정보대학원을 졸업하고, 일본 게이오(慶應)대학 신문연구소에서 공부했다. 한국일보 사회부·외신부·문화부 등에서 근무했고, 부국장 겸 문화부장, 심의실장, 논설위원실장 등을 거치며 '박래부칼럼'을 썼다. 언론 현장을 떠난 뒤 한국언론재단 이사장, 새언론포럼 회장을 지냈다. 지금은 자유언론실천재단 이사로 있다. 저서로 『작가의 방』, 『김훈·박래부의 문학기행』, 『한국의 명화』, 『화가 손상기 평전』, 『분노 없는 시대, 기자의 실존』, 『좋은 기사를 위한 문학적 글쓰기』 등이 있다. 2017년 12월 풍경화로 첫 개인전(가나인사아트센터)을 열었다.

그리운 날의 풍경

ⓒ 박래부, 2017

그림 · 산문 **박래부**
펴낸이 **김종수**
펴낸곳 **한울엠플러스(주)**
편 집 **최진희**

초판 1쇄 인쇄 2017년 11월 23일
초판 1쇄 발행 2017년 12월 6일

주소 10881 경기도 파주시 광인사길 153 한울시소빌딩 3층
전화 031-955-0655
팩스 031-955-0656
홈페이지 www.hanulmplus.kr
등록번호 제406-2015-000143호

Printed in Korea.
ISBN 978-89-460-6407-2 03810

* 책값은 겉표지에 표시되어 있습니다.